みんないなくなっちゃいましたね

未来明広
Akihiro Miki

文芸社

みんないなくなっちゃいましたね

大子《だいご》という町がある。茨城県の水戸市と福島県の郡山《こおりやま》市を結ぶ鉄道の水郡《すいぐん》線のちょうど真ん中に位置している。

僕はそこに二年間だけ住んでいたことがあるが、久しぶりに行ってみたくなった。

水戸駅に着くとディーゼル列車が見える。昔に乗ったクリーム色の車体にオレンジ色の帯が入った車両ではなかったが華やかな色彩。いわゆる今風ってやつ。昔の思い出に浸る色ではないなとちょっと残念な気持ちがわきあがる。

今日はゴールデンウィークの最中。駅のホームには家族連れやちょっとお年を召した団体が並んでいる。リュックを背負っている人が多いので新緑のハイキングかもしれない。僕はといえばリュックなど持たずにトートバッグを肩にかけていた。列車を待つ列に並んでいると隣の人から声をかけられる。

「こんにちは、いい天気ですね」

「そうですね」

「私たちこれから袋田《ふくろだ》の滝を見に行くんですよ」

「あそこは有名ですものね」

「どちらへ行くんですか」

「ええ、ちょっと、知り合いのところに」

愛想のない返事をする。特に目的を言う必要はないし、言うと説明が長くなるので答えるのも面倒な気持ち。そんな愛想のない返事を聞いたから声をかけた人もそれ以上の話を続けるのはあきらめたようで、好都合にもそのまま会話は止まった。

今日は誰かと一緒に会話をしていく旅にはしたくない。旅をしながら思い出をよみがえらせたい。一人にしてほしかったから。

ディーゼル列車のドアが開いて並んでいる人たちが乗り込んでいく。運よく窓側の席に座ることができて窓からぼんやりと外を見ているとやがて出発を知らせるベルが鳴る。ディーゼル列車が動き出すと特有のエンジン音が鳴り響く。電車と違って音はちょっとだけうるさい。ゴォーとうなり音がしばらくして、そのあと音が消えてレールのつなぎ目を車輪が乗り越えるゴトンゴトンという音の繰り返しが音楽のリズムのようで心地よい。

他の客から話しかけられないように窓から景色をずっと見ていると、車窓からは自然の景色が目に飛び込んでくる。家や畑、川が見え、山が見えと次々に景色が変わっていく。今は五月だから新緑も太陽の陽を反射してまぶしい。美しい自然に癒されながら車窓の旅を楽しんでいた。

僕は仙台にある大学の四年生。大学では化学を学んでいて、授業と化学の実験で朝から夜まで一日中研究室にこもっていた。土曜日も実験のために研究室に行くのが当たり前で休みは日曜日だけ。研究テーマは不斉《ふせい》クラウンエーテルの合成と反応、化学に関係ない人にはなんのことかわからないテーマに違いない。いや、化学を学んでいても知らない人も多い。専門的すぎるテーマといえる。

四年になって研究室に入ったときに最初に担当教授から聞かれた。

「学部で卒業するのか大学院修士課程に進むのか、どうする？」

「大学院に行きたいと思います」

理系の就職は大学院に行った方が条件はよいと思われたので同級生の大半は大学院進学を希望している。そんな雰囲気の中で僕も同じ考え方だった。

「そうか。じゃあ、三年間、うちの研究室にいるという前提で研究テーマを決めるね」

「研究テーマは大学院進学と関係あるのですか？」

「学卒は一年間しかいないから一年で卒論が書けるテーマにする。一年だと短いから研究テーマとしては小規模なものを選ぶしかないんだ。大学院だと三年あるからやりがいのあるテーマになるよ」

「そういうことなんですか」

「三年くらいは研究やらないとやった気はしないと思うよ。まあ、大学院に合格してもらわないとダメだけどね」

「まずは大学院の受験を頑張ります」

「ああ、頼むよ。大学院の受験に失敗してテーマを変えたくないからね」

教授は笑顔で軽く言ったけど、これってプレッシャー。大学卒業の単位を取るための授業を受けながら大学院の受験勉強もしないといけない。

そんな息の長いテーマだから、そう簡単に研究が進むはずもなく、朝から晩までなんて当たり前といえば当たり前に研究に没頭していた。そして、四月から研究実験を開始したばかりだというのに一ヶ月も経たないうちに少々疲れてしまう。研究で疲れたというより今までとは違う環境に置かれた影響なのだろう。五月病ってやつかも。

そんな気持ちをリフレッシュしようと旅に出ることにする。だけど、実験を進めることも気になるので長い旅はできない。茨城県の実家に帰ったときに短期旅行をすることにした。

さて、どこに行こうか。一泊してもいいが日帰りの方が準備も楽だから気軽でいい。

そう、大子《だいご》に行こう！

その町は僕の記憶の中でも特別な思いのある町だから。

I

僕は父親の仕事の関係で転校を繰り返した。

小学一年生と二年生は静岡県三島市の小学校に通った。小学校に入って最初に教室に入ったときに女性の先生から言われた言葉は今でも印象に残っている。

「自分の名前が貼ってある席に座ってね」

何気ない言葉だけど新しい居場所に自分の席があるのが印象的だった。僕の席についたときは緊張感とともにこれから始まる新しい生活にどこかワクワクする。小学校の生活は期待通りに楽しいと思ったのもつかの間だった。小学二年の終わりには小学生になって初めての転校を経験する。このときの別れの経験を忘れはしない。

引越し前に僕の家に友達が集まり、友達から別れの言葉。

「僕たちのこと忘れないでね。これ僕たちの住所、向こうに着いたら手紙書いて」

「引越した住所がわかったら手紙を書くね」

せっかく仲良くなった友達ともう会えないのかなと、せつない思いが湧いてくる。でも僕には別れを拒絶することはできない。文句など言うこともできない。運命と受け止めるしかない。

結局、みんなからもらった住所の紙切れを、引越しのドタバタのなかでなくしてしまった。もう友達と連絡できない。引越しとともに友達を失った。

ゼロからのスタートで小学三年から通った学校は、茨城県の田舎町の学校で新参者の僕にはまったくなじめなかった。市の学校から小さな田舎町の学校に環境が変わったのも、なじめない大きな理由だと思う。自分からみんなの輪に入っていけない。自分から何かを発することなど考えもつかない。この学校のクラスに入れてもらった。みんなのクラスに今まで一緒に過ごしたことのない自分を置いてもらっている。ここにいる人とは別世界の僕はだんだんと受身の生活が自然になってくる。

数人のクラスメートからは何かというと文句をつけられるいじめも受け、しばらくして学校に行きたくなくなった。行っても楽しくないから当たり前、不登校である。

学校を休んでいると担任の先生が心配して家まで訪ねて来る。

「気分はどうかな。学校に行こうよ」

家まで来て誘ってくれるのだが、なにか惨めな気持ちがにじんできて余計に行きたくなくなる。先生は一生懸命に呼びかけてくれるのだが素直に行く気になれない。すると今度は比較的仲よくしてくれていた友達が数人で学校に行こうと誘ってくれる。

家の玄関の前でみんなの元気な声がする。

「おはよう、一緒に学校に行こう」

僕は顔を合わせることができず、ちらっとのぞき込み、その後に家の奥に隠れていた。そんなことを繰り返しているうちにわざわざみんなが僕の家に立ち寄って誘ってくれるので、学校に行かないと悪いなという気持ちが芽生えてくる。

最後には僕が好きな女の子も一緒に家まで来て誘ってくれたのも大きかったかも。

「学校に行こう」

好きな女の子の声がする。ちらっと見て確認して、このときには玄関まで出て行って顔を合わせて明日から学校に行くと約束した。好きな女の子が来たのはとどめとなったが、それまでのみんなの一生懸命さがあったればこそと言える。それから学校に行き始めて、その後は不登校となることもなく、なんとか小学三年生と四年生を過ごす。

二年間過ごすと父親の転勤の時期がまたやってくる。いろいろあったが学校に順調に通学するようになり、やっと少しは慣れてきたのに。ちょっと寂しい気持ちになってくるけどこれも運命なのさ。自分では決められない。僕にはどうしようもないことだった。そう考えるしかない。与えられた運命。運命にはさからえない。

次は同じ茨城県でもさらに北にある田舎町に行くらしい。母親に聞いてみる。

「また、学校変わらないといけないんだよね。今度はどこに行くの？」

「お父さんの仕事の都合でごめんね。今度は大子《だいご》という町だよ」

「どんなところか知っている？」

「行ったことないのでわからないけど、ここから北の方だから寒いだろうね」

どこにあるかもわからない町に引越した。着いてみると引越しの日は何をやっていいかわからないでボーッとしていた。大人たちは荷物をダンボールから開けて部屋に並べるのに忙しいけれど小学生の僕は何もすることがない。

そんな僕を見かねて引越しの手伝いに来ていたおじさんが誘ってくれる。

「ちょっと外に行ってみるか」

無言でうなずくと車の助手席に乗せてくれて町をひと回り。

「あれっ、これでにぎやかな通りは終わりか」

おじさんがつぶやく。僕は何も言えないで車の窓から街並みを見ていた。車で一周するとあっという間に元の場所に戻ってしまう。

「小さい町だな。これで商店街は終わりか。さっき本屋があったから本でも買ってやろうか?」

「うん」

僕は小さくうなずく。車は二周目に入り、町に一軒だけある本屋で漫画の本を買ってもらった。特に何もすることがないので本はうれしかったけど、気持ちは憂鬱だった。

ここではどんな学校生活が始まるのか。これまでの経験からはまったく期待できない。楽しい学校生活が始まるなんてとても思えるはずもない。でも、逃げ場はないから仕方がない。そんな思いで小学五年生の新学期がスタートする。


新学期がスタートして登校したその日に先生が転校生として紹介してくれる。転校初日のいつもの光景。なんとなく一学期が終わり、夏休みがくる。幸いにもこの町の人たちは好意的だった。だから学校に行きたくない気持ちは起こらなかった。

そして、二学期の最初に印象的な出来事が起こる。今までに経験したことのない先生の面白いアイデアだ。

「今度の席は女子に隣に座る男子を決めてもらおう」

その学校は男の子と女の子で二人並んで座って勉強するのだが、隣に座る男の子を女の子に指名させるというのだ。

「それじゃ、男子は全員席を離れて後ろに行って」

先生から男の子は教室の後ろに並んで立つように言われる。みんな無言で先生の指示に従って移動する。一方、女の子は机の席に座ったままでいる。教室の後ろに立っていると女の子の後ろ姿と隣の空いている席が見えた。

僕は転校してきてこのクラスに参加したばかり。一学期は学校に慣れるのに精一杯で周りを見る余裕はなかったから女の子もよくは知らない。

この学校のクラスは二クラスしかない小さな学校だから一年生からずっと通っている地元の男の子はきっと女の子と顔なじみが多いのだろうと思う。これまでクラスが同じになったこともあるだろうから、きっと、好きとか嫌いとかもあるだろう。男の子は好きな子に指名されたらいいなと思っているんじゃないかな。

僕にとっては完全に他人事だったけど、一緒に立っているうちに隣の男の子の緊張感が伝わってくる。みんな無言で次の展開を待っている。僕もその集団にいるから緊張する必要もないのになぜかドキドキしてきた。

こんな新参者の僕を指名する女の子がいるのだろうか。

好きな子に指名されないかどうかと言うより、誰も指名してくれずに最後にあふれたら惨めだなとか、そんな思いが頭の中をめぐる。

まあ、どうでもいいや。これも運命だ。どうせ僕には誰を隣に座る女の子にするか決められない。もっとも決めろと言われてもクラスの女の子の誰がいいのかよくわからないのがほんとのところなんだけど。

先生からクラス全員に声がかかる。

「いいか、指名された男子は指名した女子の席の隣に座るんだぞ。男子は拒否できないからな。女子は誰を指名するか考えておけよ」

こんな状況、女の子だって緊張していると思う。誰を指名するのかが微妙だから。

「じゃあ、始めるか。先に手をあげた人から選んでいいからな」

いよいよ、指名大会の始まりだ。女の子は僕のことはよく知らないから、やっぱり、最後に指名されるのかなと思った。

それはしょうがないこと。たった一学期でなにがわかるというのだ。

誰が最初に指名されるのだろうとみんなは期待と不安が入り混じっている。静寂の時間が流れる緊張の中で最初に手があがる。

先生がその子を指して、

「誰にするのかな?」

「……、園田君《そのだくん》」

誰を指名するのかと思いきや、なんと、僕の名前を言うじゃないか。

えっ、しかも、一番手。

僕を指名するもの好きな女の子がいた。これで最後になることは避けることができたとほっと一息ついた。でも、どうして最初が僕なのだろうと思ってポカンとしていると先生から声が飛んでくる。

「園田、どうした。早く席につけ」

とにかく手をあげた女の子のところに行き左側の席につく。

指名してくれた女の子は僕の方は見ないで前を向いたままで座っている。緊張感と意外な感じがまだ残っていた。なんて言えばいいかもわからないので僕からも声をかけられなかったが、その子の横顔ははっきりと見える。

最初に横顔を見た瞬間に心から湧き出るものがあった。

あっ、かわいいじゃん。

前の小学校でも好きな子はいた。その子とはタイプが違うけど自分の好みのように感じた。これって素直にラッキーと思う。

やっと、彼女は僕の方をちょっと見てくれて一言。

「よろしく」

「どうも」

ボソッとした態度で返すのがやっとだった。

その日から彼女と一緒に授業を受ける日々が始まる。授業の合間に時々右隣の彼女をチラッと見たときの横顔はいつ見ても僕の心を刺激した。期待していなかった学校生活が猛烈に楽しくなった。隣に座っているから朝の挨拶は自然にできる。

もっとも、先に声をかけるのは彼女の方からだけど。

「おはよう」

彼女はかわいい声で挨拶してくれる。

「おはよう」

僕はぶっきらぼうに挨拶していた。

いつも彼女から挨拶が飛んでくる。屈託なく挨拶してくれるのはうれしかったし、毎日、彼女と確実に声をかけ合える場面があるのが朝の楽しみになっていく。

一方で男の子の友達からはからかわれる。

そりゃそうだ。彼女は一番手で僕を指名したのだから。

「彼女を好きなんだろう」

「相思相愛なんだよね」

みんなから言われる。

「そんなことないよ」

僕は否定した。肯定するとさらにからかわれることを恐れた。否定していることが正しいと男の子たちに思わせるために彼女に冷たくして喧嘩もした。

素直に好きですとは言えない。小学生だからそんなもんだ。そのうちに僕を指名した彼女は、実は男の子に結構人気があったのに気がついた。

人気のある彼女が僕を指名したのだから他の男の子は面白いわけはない。だが、いじめはなかった。みんなで楽しそうにからかう。

「どう、仲良くやっている」

「別に……」

言葉少なく答えてそれでおしまい。それ以上の突っ込みはない。

ここがこの学校のいいところだった。気に入らないことを根に持たない。陰湿にならないのだった。みんないいやつなんだ。僕はこの町を気に入った。

男の子同士で遊ぶときもみんな僕を仲間に入れるのに気遣ってくれる。そんな集団だから僕はすぐに男の子たちの仲間になれた。休みの日にはいつも誘ってくれた。

「今度の日曜には近くの山に行こうよ」

「山に行って何をするの？」

「小さな川があって沢蟹《さわがに》を見つけたり、サンショウウオにも出会えるかもしれない」

探検気分で山に一緒についていく。すると実際にサンショウウオを見つけたりもした。

また、あるときにはみんなで自転車に乗って隣町までサイクリング。

日曜日だけでなく、学校が終わった後には学校の運動場で男の子同士がチームに分かれてサッカーをやったり、野球をやったりと楽しかった。学校が終わってからみんなで遊んでいるとあっという間に夕方になる。


彼女は鼓笛隊《こてきたい》のバトントワラーをやっていた。運動会のときなど鼓笛隊の行進は見ていてかっこよかったが、僕の目に映るのは先頭を行く彼女の姿だけ。他の人は目に入らない。彼女の姿だけをずっと追いかけていた。

今から考えてみれば彼女は無難な僕を指名したのかなとも思う。他の男の子はたぶん知り合いだろうから誰を指名するのも難しかったのだろう。それで波風が立たないように新参の僕を指名したに違いない。

いわゆる当たり障りのない選択ってこと。冷静に考えればそうなのだが当時の僕は冷静ではなかった。小学生だし、そんな論理的な考えは頭に浮かばなかったから。

僕は隣の彼女をどんどん意識するようになっていく。いつもいつも彼女の存在が気になってしかたなかった。


学校が終わった放課後は男の子同士で遊ぶときが多かったけど女の子と一緒に遊ぶ機会もある。もちろん、その中には彼女もいた。彼女が一緒に遊ぶ仲間に入っていたときは遊びの時間は特別な時間に思える。その時間は彼女を見つめていた時間が長かった。

学校が終わってから近くの神社の境内に行き、みんなで鬼ごっこをやっているときだって鬼になると彼女ばかりを追いかけた。鬼なんだから誰を追いかけるのも僕の自由。

ある日の鬼ごっこでのときなど彼女を追いかけるのに夢中になってしまった。追いかけて逃げる彼女の姿を見るのが楽しい。一心不乱ってこと。

彼女がすばやくすっと横に逃げたのに僕は追いかけていった勢いが止まらず、そのまま真っ直ぐに走って石垣にぶつかってしまう。

「痛い」

思わず声を上げる。猛烈な衝撃が頭に走ってその場にうずくまった。額を押さえてうずくまっている僕を心配した女の子がきて声をかけてくれる。

「大丈夫？」

この子は保健係の子だった。

「見せてみて……。血は出ていないけど、あーあ、たんこぶができているよ」

自分の手で額のあたりを触ってみるとはっきりと膨らんでいるのがわかる。

「大丈夫だよ」

ぶっきらぼうに返す。

「彼女を追いかけて他のものが目に入らないんだから」

保健係の子が一言。ずばり、その通りだった。こういうのって、周りから見ていてわかるものなんだな。

もちろん、みんなが僕を囲んだ輪の中には心配そうな顔をした彼女の姿も見える。

「そんなことないよ」

いきがってみたが嘘は見え見え。まったく、情けない。額のたんこぶのあたりは痛いのだが、とにかく鬼ごっこを続けたかったから大丈夫、大丈夫と言って、また、彼女を追いかけていく。僕のせいでやめたくなかったし、彼女を追いかけていたかった。追いかけている楽しさが痛さに打ち勝った。

ここは山間の町なので十二月に雪が降るのは珍しいことではない。雪が降った日にはみんなで雪だるまも作った。

「次は雪合戦をやろう」

誰からともなく声がかかる。

「よし、やろう。男の子と女の子に分かれてやろうよ」

そんな声もして男子と女子でそれぞれチームに分かれてスタート。

もちろん、僕が雪だまを持って狙うのは彼女。他の人は目に入らないので、みんなからは、いい標的になってしまう。雪だまがたくさん当たるがそんなことはおかまいなし。僕の狙いはただ一人、彼女だけ。

どんどん、彼女を意識してくると、それとは逆にさらに冷たい態度を取るようになっていく。朝の挨拶もいつも彼女から。僕の声もいつものようにぶっきらぼう。彼女の顔も見ないで挨拶する。そのうちに朝の挨拶もしなくなっていった。気持ちは好意的なのに態度は逆になる。

やっぱり、男の子のたちから、からかわれるのがいやだった。

彼女を好きになったが言えないし、二人で遊ぶこともなかったので彼女の家にも行ったことはなかった。でも、みんなで遊ぶときに彼女がいるだけでうれしい。彼女を見つめているだけで楽しかった。

あるときの授業では将来なりたいものを紙に書いて提出することがあった。僕は飛行機が好きで自分で操縦して空を飛びたいと思っていたので飛行機のパイロットと書く。みんなが提出したあとで先生から話があった。

「みんなが将来なりたいものを表にして明日うしろの掲示板に貼るから」

翌日、名前となりたいものが一覧になった一枚の紙が、教室の掲示板に張り出された。みんなはお互いになんて書いたのか知らないから興味津々で掲示板の前に集まる。僕は彼女がなんて書いたのだろうとすぐに探した。彼女のなりたいものはキャビンアテンダント。すごく驚いたが職業がつながっていてうれしかった。

当たり前だが、このことはクラス全員が知ることになり、当然のごとく男の子たちからからかわれる絶好の標的になった。

「君がパイロットで彼女がその飛行機に乗るキャビンアテンダントをやるってこと」

「いいな。お似合いじゃないか」

「そんなことないよ」

いつものように言葉では否定はしたが、もちろん心の中は得意満面だった。遠くだったが周囲には彼女がいたのがちょっとだけ気になった。

僕の否定する声が彼女に届いていないといいな。

僕が否定しているのは声だけ、気持ちは逆だから。


三学期になり、先生から話があり、また、席替えをするという。

「今度は男子が隣に座る女子を選んでいいからな。もちろん、指名された女子は拒否できない。前とは逆だ。早いもの勝ちだぞ」

このときに僕は迷いに迷う。彼女を指名したかったが、同じ席の人を指名していいのだろうかと変な大人びた気持ちを持ってしまった。席替えなんだから変わらないといけない。同じ組み合わせの席ではいけないのだろうなと。やっぱり、彼女を指名する権利はないのだろう。

そして、僕が指名したら彼女を好きなことをみんなの前で認めてしまうことになる。それは今まで否定していたのにそれが嘘だったことになってしまう。それでも思い切って彼女を指名していいのか考えが決まらない。

そんな状況で指名大会が始まる。どうしようかと悩んでいるうちに一人の男の子が手をあげる。他の男の子が彼女を一番手で指名してしまった。そりゃそうだ。彼女は男の子の中では人気があるんだから。

やってしまった……。

勇気を出せなかった……。

チャンスに弱い僕……。

後悔が僕の頭の中をぐるぐると回る。しかし、席は隣でなくなったが、一緒に遊ぶことに変わりはないのが救いだった。

隣に座るとどうしても意識してしまうから、かえってよかったのかもしれない。そんなふうに思って自分を慰める。席は隣ではなくなって距離が離れてしまったので、たまに一緒に遊んでいるときはさらに楽しくなった。自由になったって感じ。

これも運命さ。


六年生も彼女とは同じクラスになる。担任の先生も同じだったがその後に指名大会はなく、席替えのときには名前順とか背の高さの順番とかよくある順番で席は決まっていった。一緒に遊ぶことは五年生のときと同じ。気がつけば、あっという間に二年間の月日を数えていた。

この二年間は小学校から大学生の今にいたるまで、僕の人生の中で最高の充実した二年間と自信を持って言える。

しかし、そんな楽しい日々も終わりを告げる日がやってくる。六年生になって最後の小学生生活が終わる三月になった頃、また、父親が転勤になることが決まる。

僕は彼女にはもちろん、男の子の友達にも父親の転勤で引越すことを言いだせない。どうしても自分から言うことができなかった。

みんなは僕が一緒の中学校に行くのは自然だと思っていたはずだ。僕だってそのつもりだった。サッカーをやっていて僕がゴールに向かって走っていると、いつも反対側のサイドを走ってついてくる気の合う友達から誘われていた。

「中学に行ったら一緒にサッカー部に入ろう。最強ペアになるよ」

「そうだね。お互いに息があっているからいいかも」

二人でゴールを狙おうと誓っていた。

それ以上に彼女と一緒に中学で学校生活を送るのを楽しみにしていた。中学生になったら、もしかしたら彼女から告白してきてつきあえるのかなぁとか。

「あなたと席が一緒だったときから好きだった」

彼女からそんなふうに言われるかもしれない。だって隣の席に来てほしいと指名してくれたのだから次も彼女から言ってくれるかもしれない。そんな展開になり楽しい中学生活が始まるかも。

いや、今度は僕から告白するチャンスがあるかもしれないと空想していた。彼女から言われるのを待たないで、僕から言うことができるのだろうか。

「小学生のときに指名された瞬間から好きだった。つきあってほしい」

こんなふうに言ったら交際が始められるのかな。

ほんとに言えるかな。

中学生になって二人でつきあうってどんなことなんだろうか、彼女は僕を指名してくれたのだから受け入れてくれる可能性はあるのだろう。理由はともかく指名されたのだからチャンスはあるだろう。僕の未来はそんなことが起こるかもとワクワクしながら想像していた。

それが突然変わってしまったのだ。僕の思い描く未来が閉ざされてしまった。だから転校の事実を僕自身が受け入れられない。自分が受け入れられないのに友達に言えるはずもなく、先生がホームルームで告げるまで誰も知らなかった。

先生がクラスの全員に告げる。

「今日はみんなに知らせたいことがある。園田は三月にお父さんの仕事の都合で転校することになった。卒業までは一緒だけど中学はみんなと別になる」

クラスのみんなは無言のまま。周りを見ると驚きの表情。ホームルームが終わった後に声をかけられる。

「残念だな。中学は一緒じゃないんだな」

「そうなんだ」

うつむきかげんに声を絞り出してやっとのことで答える。そう言われたあとも僕は別れをみんなにきちんと言えなかった。まだ、みんなとの別れを自分が受け入れてなかったからだ。そんな状態のままで僕からは友達との別れの言葉は出ない。

一緒にサッカー部に入ろうと誓った男の子にも僕からは声をかけられない。約束を守れない裏切りものとなってしまったから。もちろん、彼女にも何も言えない。

最後の日には駅までみんなが見送りにきてくれたが、みんなの顔をまともに見ることができない。最後まで挨拶もきちんとすることはできずに列車に乗り込んだ。

そんな後味が悪い転校となってしまった。


転校してすぐは後味の悪さを引きずったが、勉強の忙しさの中で忘れていった。新しい中学校に慣れなきゃいけない。中学も高校も進学校だったから周りのみんなと勉強に励んだ。高校受験、大学受験とあっという間に勉強が時間を支配するときが流れていった。

中学と高校も男子の友達はできたが、男子校だったので女子の友達を作るのは難しかった。そんな状況でも高校時代に読んだゲーテとハイネの詩集が僕に刺激を与えた。読んでいると心が透き通るような感触を得る。詩集は勉強の間の一服の清涼剤になっていく。そして詩集を読んでいると、小学生のときに大子《だいご》で経験した彼女との楽しい出来事を連想させる。その詩にぴったりと符号して心に共鳴してくる。

中学は一生懸命に勉強をして、最後から数えた方が早かったものを逆にするまで頑張ったけど高校受験は第一志望に不合格、それが高校に入ってからの大学受験の勉強に火をつける。その甲斐あってか、大学は難しいと思っていた第一志望に合格した。

大学に入ってから周囲の同級生に感じたのが、授業はぎりぎりの単位を取って好きなことをやっている人間がいたことだった。授業よりもバイトに精を出しているやつもいる。そんな中で僕は授業の単位を必要以上に時間のある限り目一杯とる。そんな状況を知った同級生から言われたことがある。

「おまえ、そんなに単位取ってどうするんだよ。進級に必要ないだろう」

「なんていうか、せっかくだからさ」

「ふーん、変わっているな。バイトすりゃいいのに」

「なにかやりたいバイトもないしね」

教養課程の二年間で朝から夕方まで授業を受けていた学生はあまり見かけない。バイトや遊びよりも、せっかく入った実力以上の大学だから、勉強しなきゃという思いが強かった。授業が終わってからや休みの日に映画を一人で見に行くのだけを楽しみにしていた。結局バイトはやらずに月日が過ぎていく。

三年生になると学部にあがる。授業と実験レポートの宿題でさらに忙しい日々は過ぎていき、大学生活も四年目となった。四年生になると就職か、進学かを選ぶ必要がある。クラスの仲間は就職活動に入らずに大学院に行こうとの雰囲気にあふれていた。僕もその雰囲気の中で大学院に行こうと決める。

研究室での研究と授業と大学院に入る受験勉強と三つ巴だ。しかも英語以外に第二外国語も試験科目にある。僕は第二外国語にフランス語をとっているのだが、教養学部の二年間で勉強したものだから三年生の一年間はブランクが空いている。もう一度勉強し直しだ。それ以外にも本業の化学もあるし、勉強範囲は広い。

合格倍率は二倍くらいだから決して甘くはない。受かるかどうかはほんとにわからない状況だから、四年生になってもまだまだ忙しかった。

忙しさの中で一ヶ月が過ぎてホッと一息する五月のゴールデンウィークの三連休がやっ

てくる。休みを前にして担当の助教授が研究室に入ってきた。

「連休はさすがに研究室も休みだからどこかに行くといいよ。おれも休みたいしな」

「そうですね。実家にでも帰りますかね」

「それもいいかもしれないな。だけど大学院の試験勉強もしっかりやっとけよ」

「はい、わかっています」

助教授が研究室を出て行き一息ついてから、連休に何をしようと考えたときに、ふっと大子《だいご》という言葉が頭に思い浮かぶ。そこに行けば心が癒されそうな気がした。

いや、正直に言おう。

大子《だいご》に行ったら、もしかして小学生のときに僕を指名してくれた彼女に会える奇跡があるのではないかとの想いがどこからともなく湧いてきたからだ。小学生のときの心の隙間を埋めたくなった。

Ⅱ

大子《だいご》の駅に着き、改札を出ると威勢のいい太鼓の音が聞こえてくる。

え、お祭りかぁ。

僕が住んでいたときには、お祭りをやっていた記憶はなかったから驚いた。

不思議に思って警備をしているおじさんに尋ねてみる。

「今日はお祭りですか。人がたくさん出ていますね」

「今日は天気もいいしね」

「僕は昔二年間住んでいたことがあるのですが、こんなお祭りがあるのは知らなかったです」

「まあ、この祭りは四年に一回だからなぁ」

「あっ、四年に一回ですか。僕が住んでいたのは二年間だから、ちょうどお祭りの間だったのかなぁ。それでお祭りがあるなんて知らなかったのですかね?」

「そうだったんじゃないか。にぎやかな祭りだろう」

四年に一度のお祭りの日に偶然来るなんて、そんなことがあるものなのか。お祭りの元気な太鼓の音が僕の心に響いて、元気の水を注いでくれる。

同時に僕の頭の中にはある希望が音もなく風船のように膨らんでくる。希望ではなく野望かもしれない。四年に一度のお祭りだったら彼女が街を歩いている確率が高いのではないだろうか。小さな街である。街を歩いているなら偶然に出会う確率はかなり高い。

偶然出会って、そこから連絡先を交換して何かが始まるかもしれない。急速に期待に胸が膨らむのを感じる。四年に一度のお祭りで十年ぶりの出会い。こんなことは運命の導きとしか思えない。

これはいける、いける、きっといける。

この気持ちの高ぶりを抑えることはできない。


今日は思い切って来てよかった。そうとわかったら、もう、じっとしてはいられない。大子《だいご》の町はひと回りしたら人通りの多いところはほぼ全部という町。にぎやかな通りを一周するのに三十分くらい。とりあえず、ひと回りしてみよう。

右に見える通りからか左に見える通りからか、どっちから回ろうか。どっちでもいいのだけど、人が少しだけ多い左の通りから時計回りに歩くことに決める。

ちょっと歩いていくとお昼どきだったのでおなかも空いてきた。さらに歩いているとレストランがあるのでのぞいて聞いてみる。

「入れますか」

「すいません。今、満席でお待ち頂いていますがどうしますか」

「そうですか。じゃあ、いいです」

並んで待っている時間がもったいない。こうしている間にも彼女が街を歩いているかもしれないから。レストランでの食事をあきらめて歩いていくと、道路に面している店で焼きそばが店頭に並んでいる。それを買い求めて手にとり、さっさと食べながら歩く。

道では家族連れやカメラを片手にシャッターチャンスを探している年配の人、友達同士や恋人同士と思われる人たちが談笑しながら歩いている。みんなお祭りを楽しみに来ている人だらけ。久しぶりの四年に一度のお祭りを目当てに来ている。これは普段の雰囲気とは違うと思う。ちょっとした都会の雑踏という感じになっている。

このまま歩いていれば、きっと、彼女が正面から歩いてくるに違いない。彼女を見つけた僕は声をかけるんだ。

「久しぶり。変わってないね」

「えっ……、うわぁ、久しぶり」

「いまどうしてる？」

「大学にいっている。今日はお祭りで実家に帰ってきたんだ」

「時間ないかな。ちょっとどこかで話そうよ」

「いいよ、大丈夫だよ」

彼女と会話する姿を夢想する。いい感じの二人の始まりになるかな。歩いていながらその瞬間が訪れるときを思うとワクワクしてくる。

それなのに、あれって感じ。

町を一周したのに彼女と会わない。

そんなはずはない、おかしい。久しぶりはどうなったんだ。

きっとタイミングが合わないのだろう。もう一周してみる。やっぱり、出会わない。

わかった！

回る方向が一方向だけだからいつまでたっても出会わない。いつまでたっても離れた距離を縮められないのに違いない。それなら出会わないのは当たり前。

こんどは逆回りに歩いてみよう。それなら大丈夫。

うーん、でもダメ。

こんなはずはないのだけど、いくら歩いても出会わない。

今の時間は街を歩いていないのかな。お昼頃という時間帯が悪いのかもしれない。お昼を家で食べているのかもしれない。食堂やカフェで食べているのかもしれない。だからといって食堂を一軒一軒のぞくのも変な人と怪しまれそうなのでさすがにできない。


街を回るのは一時的に止めにして思い出の小学校に行くことにした。街の横道から小学校に続く階段を上がっていく。通学するときに長い階段があったのは覚えていた。ただ、イメージしていたほど長くない。

こんなだっけと思いながら上がっていく。無理もない。あの頃は小学校五年生、六年生のときだ。眺める景色が今とは違って見えるのはしょうがいない。階段の真ん中にある手すりだって腰の位置にはなかったし。もっと体の上のほうだったような気がする。

階段を上っていくうちに思い出してくる。やっぱり、この階段を通学で毎日上がった。階段を上がりきるとグランドの奥に小学校の校舎が昔と同じように建っている。

小学校のグランドに立つと右の方の奥には彼女たちと一緒に遊んだ築山《つきやま》も残っている。築山の真ん中にあった大きな樹もそのまま残っていた。

ここだよ、確かにこの場所。グランドでサッカーをやって走り回り、運動会では鼓笛隊の行進もあった。懐かしいなとグランドを一周歩いてみる。

歩いているうちに頭のたんこぶのことを思いだした。彼女と一緒に遊んだ、いや彼女も含めてみんなで遊んだ神社は確か学校の近くだったはず。どこだろうと学校の周りを歩き回る。やがて学校から北にある道路を挟んで鳥居を見つけた。

あった！

ここに違いない。鳥居をくぐって境内に入っていく。周囲を見回すといやに狭いなと感じた。こんな場所で鬼ごっこができるのだろうか。でもこの辺りには神社はここしかない。

子供のときには広い場所と感じていたのに。神社の境内を歩いているとたんこぶを作ったと思われる石垣が目に入る。

目の前に昔の自分が走って、ぶつかっている姿が見えたように思う。

「ばかだなぁ、よけろよ」

小学生の自分に声をかけ、思わず微笑んでしまう。

やっぱり、ここなんだと確信する。そんな懐かしい時間を噛みしめていた。

そうだ、まだ望みは捨てていない。もういちど町に戻って一周してみよう。学校のグランドに戻り、そこから階段を下りて街並みに戻っていく。

よし、今度こそと回り始める。彼女を見逃さないように人が多いところではゆっくりと歩いて、すれ違う顔をちらっと見て確認していく。

一周で足りるはずはないと逆回りも含めて五周くらい回った。

でも、何周しても無駄だった。彼女に会うことはもちろん、他の小学校時代の友人の誰にも会うことはない。

待っていても会えないのなら手がかりを求めて、まずは知っている男の子の家にこちらから会いに行こう。そこから彼女に結びつくヒントが得られるかもしれない。男の子の友達でおもちゃ屋の子もいたっけ。そこに行ってみよう。しかし、そこにおもちゃ屋はなかった。

十年という歳月は街の風景を変えるには十分な時間だったのか。友達の家で遊ぶことはあまりなかったので場所を記憶している友達の家は他にはない。さすがに細かい記憶は曖昧だった。

そういえば彼女は川を渡ったところに住んでいると聞いたことを思い出した。川に行って橋を渡ってみる。小学生の頃に彼女の家がどこなのか友達から聞いて一度探しに行ったことがあったような気もしたが、橋を渡ったところでおしまい。まったく記憶にない。ここでいいのかどうかさえわからない。

だめかぁ……。

失意のうちに帰る時間が来てしまった。駅に戻って帰りの列車に乗らなきゃ。駅の待合室にいるとアナウンスが流れる。

「水戸行きの列車がまもなくきます」

それにうながされて改札に向かう。うしろを振り返るとお祭りのにぎやかな音は相変わらず聞こえてくるが、着いたときのような元気をもらえなかった。元気な音どころか、むなしい音として胸に響く。なぜか寂しい音色にも聞こえてくる。

帰りの車中では今日初めて疲れを感じた。気がつけば喫茶店で休むこともなくどこにも座っていない。一日中歩き回ったのだから体が疲れたのは当たり前だが、それよりも心が疲れきっていた。

大子《だいご》駅に着いて駅から出た瞬間はお祭りを見て期待がドカンと膨らんだだけにそれが不発に終わった徒労感に変わっていた。

チャンスをつぶしたのではないか、ほんとはすれ違っていたかもしれないとか、せっかくの可能性をつぶしてしまった、このチャンスを生かせないのならもう会えないのか、というような気持ちが繰り返し僕の頭の中にうずまくのだった。

そんな気持ちが短冊に書かれた文字となり、頭の中に際限なく舞ってくる。帰りの電車の時間は長く長く感じた。そのうちに体の疲れもあったからか寝てしまう。そして、気がついて車窓を眺めているうちに今一度なんともいえない考えが襲ってくる。

もう終わったんだな。

仙台の大学の研究室に帰ろう。

これでゴールデンウィークは終わりを告げた。息抜きになんかならなかった。この沈んだ気持ちを癒してくれるのは学問しかない。今まで以上に研究に取り組むことになる。

そういう意味ではこの出来事は惰性になりそうな研究に活を入れてくれることになる。なんとなく持っていた彼女への未練が断ち切れる。そして大学院の受験勉強にはさらに身が入った。


大学院の試験には勉強の甲斐があって合格し、報告のために教授室のドアをノックする。

「大学院の試験結果ですが、なんとか受かりました」

「そうか、よかったな。これで研究テーマはこのままで大丈夫だね。合格しないとテーマを変えないといけないから気が気じゃなかったよ。ほんとよかった」

「僕も安心しました。プレッシャーでしたから」

教授は笑って安堵の表情を浮かべてくれる。

季節は夏が過ぎて秋になろうとしていた。この時期にアパートを引っ越そうと思う。

大学院の試験に幸いにも合格したし、あと二年以上は仙台に住むことになる。このタイミングで住む場所を変えて気分を切り替えるのもいいだろう。これまでの生活から新しいスタートで心機一転したい。そうしたい気持ちを研究室の同級生に話してみる。

「今度引越そうかと思うんだけど。いい物件ないかな」

「何か条件はある」

「新築で安いところがいいな」

「贅沢だな。待てよ、学校の住宅案内板でそれらしいのを見かけたような気がする」

見つけたアパートは新築で家賃が安いこともあって交通の便はかなり悪い。仙台駅からはひと山越えて遠いし、大学からもひと山越えたところにある。どちらから行っても山の上にある動物公園を経由して行く。

こんな遠いところには昔は何もなかったのだろうと思う。新しく土地を開拓した一戸建てが主体の住宅団地の中にある二階建てのアパート。

そのアパートの近くからは大学に直通で行くバスはない。バスを乗り継いでいく方法はある。アパートの近くから仙台駅に行くバスに乗り、動物公園で乗り継ぐ。ただ、本数があまりないし、バス代も節約したかったから山の上にある動物公園前のバス停まで十五分くらい坂を上っていった。動物公園前からは大学に向かうバスに乗って山道を越えて大学まで通う。

歩いてみると最初は坂を上っていくのが大変だと思ったけど、道路の脇にある自然の風景を見ながら歩くのは朝の散歩のようで気持ちがいい。また、朝の運動にはちょうどいい距離とも思えたので気に入っていた。

動物園前と大学の間のバスの定期券と回数券を買う。雨がたくさん降っている中で傘をさして坂を上っていくのは大変なのでアパートの近くのバス停で時刻表を見てはバスを待つこともあった。

動物公園前に到着すると、バスを乗り換えるために道路の反対側にある大学行きのバスの停留所に並び、バスを乗り継いで大学まで行く。

大学からの帰りは動物公園前から団地のアパートまでは基本は歩く。帰りは下りの歩きなので楽だった。天気が悪いときや疲れているときには動物公園前からバスに乗ってアパートまで帰ることもあった。

Ⅲ

その日は朝起きたら雨だった。

今日は雨かぁ、たくさん降っているからバスにしようと即決する。アパートを出てバス停に向かい、バス停に並んでいるとやがてバスがやって来る。バスの扉が開いてステップに足をかけて周りを見渡すと雨の日だからか人が多い。

どのあたりのつり革につかまろうかと空いているつり革がないかを探し、スペースがあるところを見つけてつり革につかまる。ほんとに乗っている人が多いんだなとあらためて周囲を見渡すと、いきなり目に飛び込んできた女性がいた。彼女もつり革につかまって立っているから僕からは顔が正面からは見えない位置。

つり革につかまって立っていても、彼女のことがなんとなく気になって気になってしょうがない。これはなんなのだろう。

彼女は何人かを挟んで右の横に立っている。ちらっちらっと彼女の横顔を見る。もちろん気づかれないように。じっと見ていて気づかれたら変な人だと思われてしまう。どうして横顔が見えるだけなのに気になるのかは自分でもわからない。全体の姿から出る雰囲気に引かれたのかもしれない。バスの中では彼女がスポットライトを浴びているように僕の目には映る。他の乗客もたくさんいるのだが彼女だけが目に入ってくる。

不思議だな。

たぶん、僕の好みの女性なのだろうか。こんな女性がこんなところにいたんだなと他人事のように思う。そして引越しをしたことでこんな出会いがあったのか、これも運命だなと感慨にふけっていた。

彼女に見とれているうちに、あっという間に動物公園前の停留所に着いた。乗り換えのためにバスを降りてから、うしろを振り返ると彼女もバスを降りてくる姿が見える。大学に向かうバス停に向かって僕の後についてくる。バス停に並んでからも列のうしろが気になって何気ないふりをして振り返ると傘をさして並んでいるのが見える。

見た目は学生のようだ。やっぱり、うちの学校の学生なのか。

仙台駅の方に向かうならこの路線を使う必要はない。乗り換えないでそのまま乗っていけばいい。しばらく待っていると大学に向かうバスが到着する。バスのステップを上がり僕はバスの前の方に行く。ひと息ついて周囲を見渡すと彼女はバスのうしろの方に乗っている。いったい彼女はどこで降りるのだろう。

バスは曲がりくねった山道をゆっくりと走っていく。やっと車が行きかうことができるほどの狭さの山道を抜けていくと視界が開けた広い通りに出る。大学の工学系の建物以外は何もないのがひと目でわかる。最初に原子力工学科のバス停に止まる。

彼女の方を見てみる。彼女は降りる様子を見せない。

次は工学部中央のバス停に着いたが彼女はまだ降りない。次はいよいよ僕が降りる化学科前のバス停についた。バスを降りてから振り返るが彼女はバスを降りてこない。

そうだよな。化学学科の学生ならもっと前に会うはずだ。

バスのこの先の行き先は文科系の建物になっていくから文科系の学生なのだろう。そんなふうに思いながらバスを見送る。

なぜこれまで会わなかったのか、何回かバスに乗るうちにわかった。そもそも僕がバスに乗る回数が少ない。そしてバスに乗る時間も決まっていない。だから、僕がたまにバスに乗ることがあっても彼女とはいつも一緒のバスとは限らない。

その後もほんとにたまにしか出会わないけど気になる彼女だった。帰りのバスでは一度も会ったことはなかったが僕は実験で遅くなるから当たり前。帰り時間は朝よりもっと不規則になるし、出会うチャンスは朝のバスだけだった。

今日は雨、バスに乗ると彼女がいる。

ラッキー。

いつものように、あまりじろじろ見るのも失礼だからさりげなくひと目見て今日は一緒だなとうれしくなる。バスを乗りついで大学に向かうバスでも時々彼女を見る。

近くに行きたい衝動はあったが行く勇気はない。そもそも近くに行く理由なんてみつからないし、近くに行って顔を見つめていたら気がつかれてしまう。だから遠くから見ているのがいい。見とれているのを気がつかれたら変な人だとなってしまうだろう。

まぁ、よくよく考えてみれば、今だって変な人かもしれないが害を与えるつもりはないし、見ているだけなのだから、この気持ちが自分でもよくわからないのだから許してもらえると勝手に思っている。

もっとも、話しかけたくても何を話したらいいのかわからない。

「ちょっといいかな」

そんなふうに話しかけても、そのあとはどうするんだって感じ。何を言うのかまったく思いつかない。変な人と怪しまれて終わり。そんなことで大切な時間を終わりにはしたくない。何かを話すきっかけなんてあるわけもない。

ほのかな想いなのだろうか。どんな想いなのかと自分に聞いてみる。好きという感情というより、とにかく気になる存在としか言いようがない。もしかするとひとめぼれってやつなのかもしれない。

バスに乗ると彼女に出会ったり、出会わなかったりを繰り返す。最初の頃は彼女を見つけると今日はいるな、見つけられないと今日はいないなという自然な感情だった。しかし、何回か繰り返すうちに、せっかくバスに乗っても会えない日は喪失感のようなものさえ感じるようになっていった。

そこにあるべきものがない。空虚なバスになっている。そこにただ立ちすくむ僕。そこには感情がなく、プログラムされたロボットのように大学に通学する時間になっていた。自分の存在さえ怪しくなってしまう時間。

彼女を見つけられないと、どうしてバスに乗ってしまったのだろう、バスに乗らなければこんな気持ちには出会うことはなかったのにとの後悔さえ覚える。

これくらいの雨なら歩いて行けただろうに。

彼女のいないバスに乗る必要はなかったじゃないか。

彼女と会わない苦しさから逃げたい。

それでもバスに乗ったときにはいつも彼女の存在を探す。乗っているかどうかはわからないので出会ったときには余計にうれしさを感じるようになっていく。まるで宝くじに当たったような幸運。不思議だが彼女と会うとその日は幸福感に包まれるようになる。

彼女をバスの中で見つけると、

やった！　今日はいい日だ！　幸せな日だ！

と心の中で叫ぶのだった。

この気持ちの高ぶりは朝だけで終わらない。家に帰って夜に一人になるとさらに増す。朝の気持ちが揺り返して自分にやってくる。気持ちの波が今想っていることと、朝に想った気持ちの揺り返しが重なって二倍になる。それが僕の心の真ん中に入っていって気になる存在から好きという感情が芽生えてくる。

彼女に会った日の夜は、この気持ちの高ぶりを愛する人を思う詩人になったように大学ノートに書くようになった。高校のときにゲーテやハイネの詩を読んでいたから、それも影響しているのかもしれない。五行くらい自分の気持ちを書く。

書いている内容は自分の気持ちより大袈裟だったかもしれないなとあとから読むと思うけど、大学ノートに向かって詩を書いているときは自分の想いを探し出す自分に酔っていた。それは今の自分の気持ちを文字に出して、その文字を目から心に入れることで自分の気持ちと照らし合わせて確認する作業になっていて、気持ちを増幅させる。

いつからか、彼女と会った日の夜には詩を書くのがルーティンワークになっていく。朝に抱いた気持ちを書かずにはいられない。書かないと僕の気持ちは宙を舞ってしまう。いつまでも落ち着く場所がなくさまよってしまう。どこかに留めておきたい。

昔から日記を書くのは続かなかったがそれとは違う。大学ノートは自分の気持ちが高ぶったときにだけ書くものだから。書きたくてしょうがないときだけに書くから。書いたものは自分で読むのも恥ずかしいほどの言葉だったけどこんな感じ。

なんてすてきな日だ！
彼女の存在、それが僕を高みに連れていく
今まで経験したことのない気持ち
彼女に会うと僕が生きていることが実感できる
次にまた会える日、そこでまた僕は生きている

詩と言えるのかどうかさえ怪しいが彼女を想って何かを書く、それだけで十分だった。

彼女に朝に会えて遠くから見ているだけで幸せな感情がやって来る。自分の中がなにかで

満たされていくのを感じる。今の状態で十分、それは本当のこと。

いや、それは強がりかもしれない。やっぱり、もっと親しくなりたい気持ちがあるのは明らかだ。見ているだけの存在から言葉を交わす存在に変わったらすてきなことだけど、そんなことが有り得るのか。現実には言葉をかける場面があるとはとても想像できない。いったい、どんな状況になったら言葉をかけられるのだろうか。ずっとこのままなの状態が続くのだろう。それも運命なのかもしれない。

想いと現実の天秤が止まることなく揺れている。

Ⅳ

仙台は海に面しているから東北地方の中では暖かい。暖流が仙台の沖合いの海まで流れているから冬でも他の東北地方からすると雪は少ないほうだ。でも、今年の冬は十二月初めから雪が降る日があった。こういう状況だと今年は雪が多い年になる予感がする。

ある日は午後から雪が降ったために、大学から山道を経由していく帰りのバスが動かなくなってしまう。雪のために運行中止ってこと。

大学と動物公園前を結ぶ道は山道でカーブが多い道だし、幅が狭い道なので普段でもバスはやっとのことで通る。やっとのことで対向車とすれ違う。雪が降ると細い道は積もった雪によりさらに道幅が狭くなり、チェーンをタイヤにつけたバスでも通れなくなる。運行中止になった日は一旦仙台駅に出てからアパートに帰る回り道をすることになった。

翌日の朝は晴れても残雪が残っているから歩いていくのも大変。残雪のせいか朝の寒さも一段とこたえる。朝の冷たい空気が顔をなでてくれる。住んでいるアパートから大学に通学するのは雪が降ると大変だと思い知らされた日になった。

新しいアパートでの初めての冬を迎えていた。

今日は朝起きてみるとこれまで感じたことのない静かな朝を迎えた。シーンという音さえも似合わない静かな朝。妙な静けさを感じて布団から出て真っ先に窓を開けると雪が降っているのが見える。雪は空中をゆっくりと静かに舞っている。空中の雪が音を吸い込んでいるように思える。

窓から雪が降っている様子を見ているときれいだなと自然な感情に包まれる。朝に雪が降っている光景を見るのはこのアパートに来てから初めてのことだった。

雪の白色はすべてを洗い流すようで心までも清らかにしてくれるような気がする。雑念など浮かばない白、汚れを消し去る白。しばらく外の景色に見とれていた。どれくらいの雪が降っているのかなと窓から首を出して空を見上げると、大粒の雪が次から次へと舞い降りてくる。

結構、降っているな。

この雪の中を動物公園前まで傘をさして十五分歩くのは厳しい。坂道を上っていかないといけないから、新雪で足元が滑りやすいかもしれない。

今日はバスで行こうと決める。雪に見とれたせいで時間が思ったよりも進んでいた。急いで朝ごはんのパンを焼いて食べ、牛乳をコップ一杯飲んで、すばやく服を着替えて近くのバス停に向かっていく。

バス停まで歩いて行くと傘に雪が積もってきて重くなる。そのため、時々、傘に積もった雪を傘から振り落とす。朝に窓から見たより降ってくる雪が多くなっている。

さすがに雪の中を歩いていると空気を切る顔が凍えそうだ。やっぱり、今日は十五分歩かなくて正解。こんな雪の中では近くのバス停までが限度と思う。

バス停に着くと数人が列をつくっていてみんな寒そうにしている。傘をさしながら早くバスが来ないかなと思いながら寒さに震えてバスを待った。

だいたい、こんな雪の中をバスが動いているのだろうか、そんな疑問も湧いてくる。道路を見ると白くなっていたが、まだ雪はうっすらと積もっている程度だった。これくらいなら大丈夫かなと思う。やがて右の方からシャンシャンとリズムよくタイヤに巻いたチェーンの音が聞こえてくる。

やっと、バスが来た。傘を折りたたみ足早に乗り込む。

あっ、彼女がいる。いい始まりの日だ。今日もいい朝だ。

今日は朝から雪のことで頭が一杯だったので予期せぬ大きな喜びとなる。雪がたくさん降っていたのに気が取られて、今日に限ってバスに乗るときに彼女がいるかどうかまったく考えていなかった。

雪が降ったからバスに乗る気になったので、今日は雪でよかったと彼女をちらっと見ながら天に感謝。今日の彼女はバスのうしろの方に座っているから、斜め正面の顔が見えている。

バスの窓から見える雪景色も美しく見える。雪って気持ちが高ぶる。なぜだろうと思うが今日はバスの少し曇った窓の一部分から見える雪景色をバックにして彼女が見えるから。彼女が外を見たくて窓を手で拭いたのかも。そのおかげで窓の一部から雪景色が見える。

うわぁと声をあげてしまいそう。こんな光景はなかなか見ることはない。

なんかいいよなぁ。

そんなしあわせの時間を楽しんでいたがそろそろ終わってしまう。バスの乗り継ぎの停留所である動物公園前についた。僕の方があとからバスに乗ったので出口に近い。降りるのは僕が先になる。

乗り換えの停留所にいつものように並ぶと、相変わらず雪がたくさん降っているのにあらためて気がつく。そんな雪の中で傘をさして並んでいた。僕は停留所の先頭の方に並び、数人おいて彼女が並んでいる。

十人くらいで並んでいるがバスが定刻の時間になってもなかなか来ない。雪が降っているから道路状況が悪くてバスも遅れているのだろう。少し待つのは当たり前と頑張って待ってみたがバスは期待に反して一向に来なかった。

しばらくすると前に並んでいた一人が待ちきれないように列から離れていく。

雪のせいで山道を通っていくバスは来ないと考えて、山を降りて駅に出てからのルートに向かうバスに乗るためだ。大学に直接向かうバスに乗るのをあきらめたのだ。

そう考えるのも無理はない。雪はやむ気配はまったくなく、むしろ勢いを増しているようにさえ見える。朝見たときより大きな雪のかたまりがひらひらと数多く絶え間なく空から舞い降りてきている。あっという間に傘にも雪が積もる。道路の上にも雪が積もってきている。さっきまでは通過する車のタイヤの跡だけが線となって道路のアスファルトがかろうじて見えていたのに、今はまったく見えなくなってきている。

こんな状況だから、そのあとも時間がたつにつれて、一人、また一人と列から離れていく。大学に向かうバス停の列から離れて道路の反対側にある駅に向かうバス停に向かって歩いていくのを見送っていた。向かいのバス停に歩いて行く人を見ながら、僕もあきらめて遠回りのルートを選ぼうかどうか迷っていた。このまま待っていてもバスは来ないのだろうか。このあたりが潮時かもしれない。

さて、どうしたものか。

山を降りて仙台駅に向かうバスはまだ動いている。ここまで乗ってきたバスは仙台駅行きだった。それにここは他のバス路線の中継点でもある。他の路線からも乗り入れていて仙台駅に向かうバスの本数は多い。

時々、道路の反対側をタイヤに巻かれたチェーンのシャンシャンという音を響かせながら駅に向かうバスが目の前を走るのを見送っていた。でも、一度、駅に出てからとなると大学に行くのはかなり遠回りになってしまう。今並んでいる路線ならショートカットになる。

どうしようか、ここで頑張って待っていれば山道越えのいつも乗るバスがそのうちに来るんじゃないか。あきらめて駅に行くバスに乗って山を降りて行くときに、もともと乗るつもりのバスとすれ違ったりしたら……。

自分の中でなかなか結論が出せない。一方でアパートに引き返すつもりはまったくない。どうやって大学に行くかだけを考えていた。

バスを待っている列は何人になったのだろうと振り返ると、僕が先頭で二人あとに最後に並んでいる彼女が見える。もう、四人しか残っていないが、まだ、彼女は並んでいた。

彼女を確認すると彼女があきらめて列を離れない限り、僕はこの列を離れないと自分に誓った。彼女を見捨てて列を離れることなんてできるわけがない。彼女があきらめて向かい側のバス停に移動したら僕も移動しようと決めた。

雪が降る景色を眺めながらそのまま時間が過ぎていく。

さらにどれくらいの時間がたったのだろう。まわりを見渡すと大学に向かうバス停に並んでいるのは、いつのまにか僕と彼女の二人だけになってしまっていた。

やばい、二人きりだ。

どうしよう……。

何か声をかけた方がいいだろうか。でも、なんて声をかければいいのか。言葉が思いつかない。あまり見ていると変かなと思い、正面を向いて待っていると目の前に遊園地の観覧車が見える。雪化粧した観覧車も風情があっていい。

時々、どうするんだろうと思ってちらっと彼女を見る。今日のマフラー姿もかわいい。グレーのコートにピンクのマフラーがよく似合っている。

髪も一部を編んでいてセンスのいいおしゃれな彼女。まるで僕の好みを知っているかのような彼女。雪が降っている景色を背景に空色の傘をさしてマフラーをしている姿が目に焼きつく。

彼女と二人きりで雪が降るのを背景に傘をさしながらバス停に並んでいる。そんなすてきな絵になっている。だれかこの瞬間を絵に描いてほしい。きっと傑作になるに違いない。

写真を撮ってくれてもいい。その写真だって傑作だ。

僕が分身の術でもう一人つくれたらそれが実現できるのに。なぜそれができない。そんな想いを抱いて彼女を見ていると思いがけなく彼女と視線が合う。見とれているのを気がつかれてしまったか。

まずかったかなぁ。失敗したかなぁ……。

すると、いきなり彼女から僕に話しかけてきた。

「みんないなくなっちゃいましたね」

あまりにとっさのことで驚いたが雪の冷たさが僕を冷静にさせた。雪が降っていなかったらきっと舞い上がっていたかもしれない。だって、こんな近くで彼女の顔をじっと見たのは初めてだから。今までは遠くからほとんど横顔しか見ていないから。

「そうだね」

目を合わせてとまどいながら、こう返すのが精一杯。

これが彼女との最初の会話になった。

雪は朝起きたときより激しく降り続いている。彼女が質問してくる。

「どうします?」

「このまま待っていてもバスは来ないかも」

「ですよね」

話しながら彼女のマフラー姿を再度しっかりと見る。やっぱり、かわいいなぁとあらためて確認する。僕はこんなかわいい子と話しているんだなぁ。このまま時間が止まってしまえばいいのに。そうだ、このままがいい。

まてまて、そんな想いにふけっている場合ではなく、彼女に答えを返さないと。

彼女の目は僕の答えを待っている。

「そうだね。一度、駅に出るのは?」

「それだと授業には間に合わないです」

「今日、一限目から授業なの?」

「そうなんです」

「えらいときに授業があったね」

「この雪ですからどうなるかわかりませんけど……」

「うーん……。駅を回っていくと時間かかるからな」

「それに駅に行くバスも順調には走っていないようですからすぐに来るかどうか」

その通りだった。

この雪の中で駅に行くバスが時刻通りに走っていないのは明らかだった。

「確かに駅に向かうバスも時間が乱れているからすぐにはきそうもないね。それじゃ、タクシーで一緒に行こうか」

「タクシー来ますかね」

「可能性はあると思うよ」

だいぶ前に一台のタクシーが目の前を通りすぎて大学に続く山道に向かって走って行くのを見ていた。確信はないが待っていればまた通りそうな気がする。

「はい、お願いします」

二人で傘をさしてタクシーが通るのを待っていた。

それまでにたわいのない会話を少しだけする。

「今日の雪はまいったね」

「ええ、びっくりしました」

「寒いよね」

「ほんとに」

なんてダメな僕。ぜんぜん気がきく会話ができない。なんていうか普通に話せないのかもしれない。気になって気になっていた彼女とやっと話せたというのに、天気の話しかできないなんて、なんてことだ。

どうしてこの絶好のチャンスを活かせないのか……。

気がつけば向かい側のバス停に並んでいる人もいなくなり、山を下りて駅に向かうバスもしばらく見ていない。道路にも歩道と同じように雪がしっかりと積もってきている。行きかう車も少なくなってきたのでさすがにやばいかもと不安がよぎる。

それでも、しばらく待っていると遠くから車のチェーンの音が聞こえてくる。タクシーが山を上ってくるのが見えた。空車の明かりも確認して彼女に声をかける。

「やっとタクシーが来たみたい」

「よかった」

すぐに手をあげてラッキーにもタクシーをつかまえることができた。停まったタクシーの運転手さんが窓を開けて聞いてくる。

「どこまで行くんだい」

「山道を通って大学まで行きたいのですがいいですか」

「山道の方に行くのか。どうかなぁ、雪がたくさん降っているから道がどうなっているかわからないけど、行ってみようか」

「ありがとうございます。助かります」

よかった、行ってくれる。タクシーのドアを開けてくれた。

とにかくほっとして彼女に車に乗るのをうながす。

「よかったぁ、行ってくれるって」

「どうなることかと思いましたけどよかったです」

「先に乗って。降りるのは僕が先だから」

「じゃあ、お先に」

どうして僕が先に降りるって知っているのか聞かれたら、なんて答えたのかわからない。とっさに言ってしまった。幸運にも彼女は何も聞かずに先にタクシーに乗った。

タクシーの中でもちょっと話をする。

「学部はどこなの?」

「法学部です」

「勉強は大変じゃない」

「ええ、頑張っています」

「何年生？」

「四年です」

「そうなんだ。僕も四年生だから同級生だね」

「はい」

せっかく彼女と会話を始めたのにタクシーの運転手さんが話しかけてくる。

「山の中だから車の通りが少ないだろう。だから雪がかなり積もってきているけどなんとか通れそうだよ」

「そうですか、よかった」

「見てよ、すごいことになっているよ。道路のわきの方は車が通らないから、雪がたくさん積もっているよ。こんなに道幅が狭くなっているから、これじゃあバスは通れないよ」

状況説明をしっかりとしてくれる運転手さん。運転手さんと話をしながら合間に彼女となにを話そうかなと考える時間ができるのでうれしいような、一方で彼女とのせっかくの時間を取られるので口惜しいような、そんな対立する感覚に戸惑う。

ふたたび、彼女の方を向いて話すけど、車の中だから正面を向き合ってはいない。そんな状況がなんともうらめしい。

「来年は卒業だね」

「そうですね。就職どうするんですか？」

「就職しないで大学院に進学する予定なんだ」

「そうなんですか……」

「どうするの？」

「私もそうです」

「そう、一緒だね」

「はい……」

気の利いた会話になっていない。話も弾んでいないから途切れ途切れになっている。今まで彼女と何を話そうかなんて考えてもいなかったので、こんなに話す機会が突然やってきたことに戸惑っているのが自分でもわかる。こんな場面は夢にさえ見たことはなかったから。

話しながら話題を考えていたけどなかなか思いつかない。一緒に後部座席に並んで座っているのに、無言の時間はもったいないとしか言いようがない。

今まであんなに話したくて話したくてしょうがなかったのに。

話をするなかで、彼女は同級生でしばらく一緒にときを過ごせそうだとわかったのはうれしかった。彼女が就職で仙台を離れるとするとあと数ヶ月でお別れだった。話しているときに時折見せる笑顔、癒されるなぁ。その笑顔を見ていると元気をもらえる。

タクシーはゆっくりゆっくりと積もった雪を避けるように進んで無事に山道を抜けて、工学部の建物が並ぶ大きな通りに出ることができた。この広い通りに出れば雪が積もっていてもあとは大丈夫。彼女とショートな言葉のやり取りをしているうちに化学学科前のバス停にタクシーが近づいてしまっていた。

運転手さんにお願いする。

「すいません、この先で一度、停めて下さい。僕だけ降ります。あとはこの先の文科系の建物まで行って下さい」

「はいよ」

車を停めてもらって、ばたばたと彼女に一言。

「じゃ、気をつけていってね」

料金メーターを見てそこまでのお金を彼女にざっくりと渡す。

「ここまでのお金を全部出してもらうのは多いですよ」

「いいから行って授業に間に合うといいね」

「じゃあ、お言葉に甘えて」

タクシーのドアが開いて左の足を道路の雪につけたところで彼女と別れることが心残りな自分に急に気がつく。そんな気持ちを噛みしめながらタクシーを降りて走り去る車が視界から消えるまで見送った。

その後に雪の中を化学学科の研究棟に向かって歩いていく。朝からのひと仕事が終わったような感覚、いや、大事な時間が終わったような感覚。研究棟に入って傘をたたんでひと息ついたときに今の時間を振り返る。

別れ際の自分はかっこよかったんじゃないかなとちょっとだけ思う。ばかげた発想だが自分ではまんざらでもなかった。

今日はなんていい日。彼女と出会っただけでなく初めて話もできたんだ。これから話ができる最初のすばらしいきっかけとなった。もう、昨日とは違う、今日から顔見知り。見ているだけの存在から話ができる存在に変わった記念すべき日になった。そんな興奮した状態だから雪の寒さはすっかり忘れていた。

そして、大事なことを聞くのも忘れていた。

あれっ、彼女の名前を聞いてないし、僕の名前も伝えてない。全然冷静じゃなかった。せっかくのチャンスだったのに。

もうっ、なんなんだ。やっぱり、ダメな僕だった。

その後は自己嫌悪に襲われて冴えない一日になってしまう。最良の日だったのに人生で一番の後悔の日にあっという間に転落してしまった。
帰宅してから猛烈に大学ノートに書きたくなる。今日はぜったいに書かないではいられない。今、まさに抱いている気持ちをピンで留めて逃げないように大学ノートに書くことで、自分の中に掲げておきたい。

今朝は映画のワンシーン
主役は彼女と僕
大勢の観客は揺れて舞う雪
僕は初主演だからぎこちなかった
演じて心の真ん中に生きている証を見つけた

V

翌日はバスで彼女に会えない。雪も雨も降っていないのに彼女に会いたくてわざわざバスに乗ったのに会えない。もっとも今日は土曜日だから会える確率は低いのかもしれないが、やはり、絶好のチャンスを逃したなと繰り返し後悔することになる。

チャンスに弱い僕だから。

たった一日会えなかっただけなのに不安に思う時間が積もっていく。たった一回のミスでもう彼女には会えないかもしれない。そんな思いが際限なく僕を襲う。

すると彼女が天使のように思えてくる。普通では会えない存在、奇跡的な何かが起こらないと会えない存在、会えると喜びにあふれる存在、まさに天使だ。

同時にチャンスを活かせないダメな僕を思い返すことにもなった。

今日は日曜日、研究室も休みの日。ダメな自分を後悔する疲れからか、ぐったりとして昼近くまで寝ていた。起きるとおなかも空いてきたし、気分転換に近くのスーパーマーケットに買い物に行くことにする。天気は曇りだったが薄日がさしていた。買い物にいく歩道は真ん中だけ人が通ったあとがあり雪が少なかったが、周囲には雪がまだたくさん残っている。

周りの雪景色を見ながら買い物へと歩道を歩いていくと、スーパーマーケットに行くまでの間に雪だるまがぽつんと一つ、僕を見つめているのに出会った。雪だるまには目がしっかりとついていて僕の方を見ている。新興住宅地だから家が建っていない土地だけのところも多かったので、そこに雪だるまを作れるくらいのたくさんの雪が積もっていた。

きっと近くの子供たちが作ったのだろう。そうそう、僕も子供の頃は雪だるまを作っていたっけ。そんな思い出が駆け巡ってくる。小学校時代にみんなで一緒に雪だるまを作ったなつかしく楽しい思い出。

日曜日が過ぎて月曜日も天気はよかったのにバスに乗る。まずは彼女に会いたかった、話をしたかったのでバスを毎日使うつもりでいた。でも、彼女を探すが今日もいない。

この日も一日中、後悔の念から離れることがない。やりきれない思いが僕を支配する。せっかく話ができる存在に僕はなったのにその権利をなかなか使えない。

そして、ついに火曜日の朝にバスで彼女を見つけることができた。

やった！

このときのうれしさ、言い表せない。今までの後悔の雲が一瞬でさっと消えてなくなる。今までの気持ちはなんだったのだろう。後悔したことなど完全に忘れている。

もう、うかれていた。それで表現はあっているのだろうか。

もう、彼女とは顔見知り。僕から話しかけてもいいんだ。

声をかけに行こう！

今日は堂々と彼女のそばに近づいていって隣に立つ。

「おはよう」

「おはようございます」

「このあいだは大丈夫だった」

「はい。授業に間に合いました」

「授業やっていたんだね」

「出席している学生は少なかったですけどね」

親しく話しかけたが返ってくる言葉はどこかよそよそしかった。丁寧とも言えるけど僕が勝手に親しさを感じていただけなのだろうか。でも考えてみると僕は彼女を最初にバスで見かけて、ずっと前から知っているから親しく話してしまっているのかなとも思う。

彼女にとってみれば僕とは知り合ったばかりだから、僕が感じるほどの親しさはないのが自然だと納得する。今更、僕の親しく接する言葉を替えて丁寧にするのも変だし、このまま続けていこうと思っていたときだ。

ここで頭にひらめいた。名前を聞かなくちゃ。

「そうそう、名前を聞いてもいい？」

「ええ、越川麻美《こしかわまみ》です」

「えっ………」

頭の中が真っ白になった。そんなことがあるものか。でも、今それは起こっている。小学校で僕を指名してくれた彼女の名前だ。同姓同名じゃないよな。

どうして最初に会ったときに気がつかなかったのだろう。どうりで初めて見たときになんとなく気になる存在なはず。

あれから年月はずいぶん経ったけど、昔の面影が残っているようにも思える。そんな感覚が僕に気になる存在となったのかもしれない。とはいえ、小学校で出会ってから十年経っている、子供の頃からの変化が大きくなるには十分に長い年月が経っていた。

今だって彼女の顔をひとめ見ただけでは気がつかないくらい。言われてみれば面影があるなと思うけど街ですれ違っても気がつかないかもしれないと思う。

五月には大子《だいご》のお祭りであれほど探しても会えなかったのに。いや、実はすれ違っていたのかもしれない。人が多い雑踏で一瞬のすれ違いのなかで顔をひとめ見ただけで彼女だと気づける自信は今となってはない。

しかしだ、こういうのって突然やってくるものなんだ。小学生のときに僕を指名した彼女に違いない。捜し求めているときには見つからない。それが突然どこからともなく現れる。そんな思いが一瞬で頭の中を駆け巡る。

「どうかしました」

彼女の声がかろうじて僕の耳に入ってくる。

「いや、なんでも……。いい名前だなと思って」

ふっと言ってしまうが、冴えない返し言葉にうんざり。

「ありがとうございます」

「僕は園田明《あきら》です」

小学校の話は出さずに名前だけを出してみる。

「はい」

何の反応もない。だめか……。

名前を覚えていてくれていないのか。がっかりしたが、ここで小学校の話をして、なんで覚えていないのと責め立ててもしょうがないし、今後のことにつながらないような気がした。

いや、覚えてくれていないショックで言えなかったかもしれない。覚えていないなら僕からは何も言えないと思っている。

小学校の話はしないで、とにかく今の状況を前に進めよう。

「学部はどこなの」

「この間も聞かれたと思いますけど法学部ですよ」

「そうだったね……」

ああ、もうっ。

早くも失敗。タクシーの中で聞いているじゃないか。自分がいやになってくる。なんとか話を続けてバスの乗換えを動物公園前で一緒にして大学に向かうバスに乗る。

とにかく話を続けなきゃ。

「この間の雪はすごかったね」

「そうですね。ずいぶん、積もりましたね」

「でも、雪ってなんか楽しくない？」

「はい、私も雪は好きですよ」

やはりそうだ。バスの曇った窓をきっと手で拭いて外の雪を見ていたのに違いない。あのときにバスの窓から見る雪景色を背景にした彼女のことを思い出す。心のなかに幸福な時間がよみがえってあふれてくる。

「雪を見るとウキウキするなぁ」

「わたしも」

上目づかいで楽しそうな表情が印象的。

僕は君を見ているとウキウキするなと、言い換えた方が正しいかもしれない。雪を見ているときよりもウキウキするって。

「小さい頃は雪だるまなんか作ってさ」

「そうですよね。小さいときには作りましたね」

「なつかしいよね」

「私ね、この間の日曜日に雪だるま作っちゃったんです」

彼女の茶目っ気たっぷりな言い方に魅了されてしまう。

でも、ちょっと待てよ。

「えぇ！」

「驚くでしょう。大人なのにね」

「いや、そんなことないよ。よく作る気になったね」

「雪を見ていたら子供の頃を思い出して……」

「へぇ、一人で作ったの」

「最初は一人で作ってたんですけど、近くの子供たちも寄ってきて一緒に作ったんですよ。最後には子供たちの親も加わってにぎやかでした」

「それじゃ、大きな雪だるまになったんじゃない」

「大きな雪だるまを作る気はなかったんですけど、みんなで作るうちにだんだん大きな雪だるまができちゃって」

「そっか」

「目も入れて鼻と口も作って、帽子のバケツもかぶせて」

「そこまでやったの。もう、本格的だね」

「みんなの力作になりました」

もしかして、スーパーマーケットに行くときに見たものがそうなのか。そんな思いがよぎったが、彼女の方が僕の降りるバス停よりも先のバス停なので、雪だるまのある場所から考えるとそんなはずはないとも思う。いや、でもわからない。

それよりも、ぼくも一緒に雪だるまを作りたかったなぁ。

一緒に雪だるまを作ったらすごく楽しかっただろうに。彼女との距離も一気に縮まったに違いない。一緒に作った子供たちや親たちに嫉妬する。

もしも、日曜日にもっと早い時間にスーパーマーケットに行っていたら、あるいは午前中に団地の周辺を歩き回って散歩していたら、雪だるま作りをしている彼女を見つけて一緒に作れたんじゃないか。そんな考えが頭から離れない。

ああ、チャンス逃したか……。

いつでもチャンスを逃すのが僕の運命かもしれない。そんな運命に打ち勝てるのだろうか。

違う、運命ではない。

努力の問題といえる。可能性を考えて努力しているかどうかが問われている。とにかく散歩に出るとか、アパートから出ないと何も始まらないのに気づく。

でも、惜しかったぁ……。

ああ、惜しかったぁ……。

とにかく前に向かって話していかないと。話している感じはいい感じ。

「それは楽しかったろうなぁ」

「久しぶりに童心に返りました」

「そうだろうね」

「園田さんも雪だるま作ればよかったのに」

「そうだね……」

一緒に作りたかった、と言葉を続けたかったが出てこなかった。どうして自分の気持ちに素直になれないのだろう。

せっかく話が盛り上がってきたのに、僕の降りるバス停に着いてしまう。

「じゃあね」

「はい」

簡単な言葉を交わしてバスを降りた。


バス停から研究室までは歩いてすぐの距離なのだけど、頭の中は複雑で何時間も歩いている感覚だった。僕のことを覚えていないのはものすごく残念。一方で彼女と再会して話ができた。一緒になって話が弾んだ感じはとてもよかった印象として残っている。

見ているだけの存在ではなく声をかけて話ができる存在になったのは、確実に彼女との距離が近づいたので、ものすごくうれしかった。こんな場面がくることを望んでいたが本当に自分がこの場面に出会えるとは思っていなかったから。

一敗一勝かな。

五分五分なら上出来。それでも一敗の方が気になってくる。小学生の頃をどうして覚えていないのか。考えてみれば、あれから思春期の中学と高校と過ぎる中で好きな人もできただろうから僕の印象はだんだんと彼女から消えていくのは無理もない。僕のことは覚えていなくても当たり前だ。

僕の思春期は勉強一筋だけど彼女のことはしっかりと覚えていた。彼女は僕と違って当たり前、それが普通のことだし無理もないこと。だいたい、小学生の頃の話だし、今から十年も昔の話のこと。

頭を一勝の方に切り替えよう。

以前より親しくなったのは確実と考えてよい。今度はいつ会えるのだろう。バスで一緒になれば話ができる。ちょっと待てよ。その前になぜ彼女の連絡先を聞かなかったのか。やってしまった。連絡できないじゃないか。今までと同じで偶然任せの状況に変わりはない。

だめだ、二敗だ。

いや待て。今の状況で連絡先を聞くのは失礼かもしれないと思いなおす。僕から見れば会っているのは十回くらいにもなるかもしれないが、彼女から見れば今日を入れてたった二回しか会っていない。彼女にとって僕はまだそれだけの存在でしかない。

焦らないでバスで会う機会を増やそう。彼女と会う機会を増やして話す機会を増やす。そうしていくことで親近感も抱いてくれるだろうと戦略を練った。

だけど偶然に頼るのはあてにならないし、先が見えない。偶然に頼ることなく会える確率を増やすことを考えた。ぼくは化学者、理科系だから合理的に考えてみる。

今日は会えたから火曜日は狙いの曜日だなと思った。そしてバスは今日と同じ八時過ぎくらいのバスに乗れば、会える確率は増える。よし、次は来週の火曜日だな。

待てよ、ここでなにも火曜まで待たなくてもいいかなと当然気がつく。しかし、僕はお金の出費も気になるから乗り継ぎのバスの定期は買っていない。回数券でたまに乗る生活を続けていた。毎日試すのも合理的ではない。

今週はもう一回木曜日に試してみることにする。なぜ木曜日かっていうと、一日置いた方が僕の頭の中が整理できて、一敗よりは一勝の方に気持ちが向かっていけそうな気がしたから。

翌日、水曜日の朝はアパートから動物公園前まで歩いて坂を上っていく。しばらく、上り坂を歩いていくと右隣をバスが僕を追い越していく。急いでバスに目を向けてみたがバスの中まではっきりと見えない。

あっという間にバスが先に行ってしまう。あのバスに彼女が乗っているのではないかと胸騒ぎがする。どうしようか、どうしようもない行き場のない気持ち。

頑張って歩いていくスピードをあげるが、いくらなんでもバスに追いつく速さでは歩いていけない。どんどんバスが先に行ってしまい引き離されていく。バスに追いつくのは無理だと頭ではわかっているのだけど歩いていく足はどんどん速くなる。もしも乗っていたのなら乗り継ぎのバス停で会えるかもしれないと考えると、居ても立ってもいられない。

やっとのことで乗り継ぎのバス停である動物公園前に着いてもそこに彼女の姿はなかった。バス停には誰もいないから一本前のバスに乗ったのかもしれない。いや、もともと乗っていなかったのかも。

もちろん、自分の気持ちはモヤモヤ。もしも彼女が乗っていたかもしれないと思うと、どうにもしようもない感覚で自分の存在が不安になる。その日は朝に見かけたバスを思い出すたびに、もしかしたら彼女が乗っていたかもという気持ちに襲われる。その気持ちから逃げたくてもどこにも逃げ場はなかった。

こんなときは帰宅してから大学ノートに書かずにはいられない。

彼女とまた会えるのだろうか
会いたい、会いたい
会わないと僕の時計は止まったまま
チャンスは訪れるのか
今は次に会えることを信じるだけ

さあ、木曜日がくる。予定通りに八時過ぎのバスに乗る。僕の気持ちは前向きに切り替わっていた。今は彼女を見ているだけでは満足できない。彼女と話ができる時間を持てることが幸せとなる。そんな時間を探していた。

バスが停留所に向かって走ってくるのが見える。もうここからドキドキが始まった。彼女はバスに乗っているのか乗っていないのか、自分でも緊張しているのがわかる。

バスが停まってドアが開いてステップに足を乗せる。いよいよ運命のときを迎える。運命のときに耐えられず一瞬下を向いてしまう。

はたして彼女はいるのだろうか。バスの中を見渡すのも怖いと思いつつ、えいっと不安な気持ちを振り払って思い切って見る。

いた！

安心してほっとすると同時に自分が勝った感覚が湧いてくる。ズバリ、当てたぞ。

「おはよう」

「おはよう」

お、いい感じ。挨拶はよそよそしくない。

今日は僕の話から始めることにする。

「僕は化学専攻だけどその中でも合成化学専攻なんだ」

こんな話は面白いのだろうかと自分で思いながらも、他に思いつく話題もない。まずは僕の身の上話から始めよう。

「降りるバス停が化学学科前だからそうかなと思っていました。理系だから実験が大変じゃないですか」

お、少しは気にしてくれていたのか。

「そうなんだ。一日中、授業と研究で時間がどんどん過ぎていくし、帰りも遅くなるから夕食は学食で食べて夜になってから帰る感じだね」

「大変ですよね。実はね、私の父は化学専攻だったんですよ」

ええっ、そんな話ってあるのか。

そんな偶然があっていいものかというか、運命を感じるしかない状況になっている。

そうだよ、これって運命だよ。

やっぱり、二人の出会いは運命なんだ。

僕の近況なんてつまらない話題だと思ったけど、この話をしたのはさらに親しくなるために成功したかもしれない。思わぬことから彼女とのつながりが一つ増えたことに感謝。

運命は僕に味方している。

「えっ、そうなんだ。なんとも偶然だね」

「ええ」

「びっくりしたよ」

「ほんとに」

会話がなかなか続かない。うまく話せない。なんの話題にしようか。

「それで、おとうさんはどんな仕事をしているの」

「大学で教えてたんですよ」

あれ、過去形で言っている……。僕の父親から歳を想像するに定年には早い。

「そうなの。今は何しているの?」

「父は二年前に亡くなりました」

「…………」

まいった。頭が真っ白になる。顔は真っ青なのではないか。

なにも言葉が出ない。

なんてことを聞いてしまった……。成功どころか失敗じゃないか。話が続かなくなってしまった。扉が開いた運命の道が突然行き止まりになる。

「そ、そうなんだ……。それはつらかったね」

そんな当たり前のことを聞いてどうする。他に言うことはないのか。

「亡くなったときはやはりつらかったです。今、母は一人暮らしです」

「一人っ子なの」

「そうなんです」

「おかあさんも一人じゃ寂しいんじゃない」

さらに変なことを聞いているかも。

「それで、時々、私のところに泊まりに来るんですよ」

彼女を見ていると話している姿は暗くないのが救いとなる。

「それはおかあさんも楽しみだね」

おかしいな、なんだか、批評家みたい。

「そうなんです。次の日曜日にも来ますよ」

母親の話をしている彼女は普通で明るく見える。母と娘とで仲良くやっておとうさんの死を乗り越えようとしているのだろうな。そんなところに僕が入り込んでいく自信はない。そんなに親しくなっていないのになぜかそんなふうに思ってしまう。

きっと、彼女の住んでいるアパートを訪ねてみたいとの、見えない思いがあったからだろう。

そのあとはどんな話をしたかはよく覚えていない。化学の実験の話とか、大学院になぜ行こうと思ったとか、彼女にとってはどうでもいい話をしたような気がする。ただ、父を亡くしたとはいえ、彼女が前向きに話をしている姿が強く印象に残った。

しかしなぁ、こんな状況ではとても彼女の連絡先を聞けないよなぁ。

この後は彼女と会うのに時間をおこうと思ってしまった。とにかく、重い話から逃げたかったというのが本音かも。そして、彼女は母親が泊まりにくるのを楽しみにしているのがわかったから、それをじゃましたくない。

バスを降りて研究棟の中にあるトイレに入り、手を洗って前を見ると臆病な顔をした自分が鏡に映し出される。

次は来週の火曜日のバスに乗ってみよう。

火曜日にバスに乗ってみると彼女はいない。これは予定外のこと。火曜日は会う日のはずなので不安がよぎる。嫌われたかもしれない。先週は変な話になってしまったし、あんな話を朝にするなんて誰だっていやに違いない。

僕と会うのが嫌でバスの時間を変えたのではないかとの疑念が僕の心に渦巻く。バスの中では呆然としていた。危うく乗り換えの動物公園前バス停で降りるのを忘れていたくらい。

やってしまった……。

この想いが走馬灯のようにぐるぐると僕の頭のなかを回っている。その日は実験にも身が入らず、簡単なミスもしてこれまでの実験を台無しにしてしまった。こんな気持ちでは何をやってもうまくいかない。早々に五時には家に帰ることにした。

アパートに帰ってからも、やってしまった、との思いはパトカーの赤色灯のように頭の中でチカチカしていた。寝床に入っても赤色灯の光が突然頭の中で繰り返されてときどき目を覚ます。

それでも自分の気持ちを立て直して、なんとか、次は木曜日で確認してみようと自分に言い聞かせる。木曜日は火曜日と同様に会える日のはず。勇気を出して木曜日にバスに乗ることにする。一方で彼女がいなければ嫌われたのがはっきりしてしまうようで怖い。バスのステップにかかる足にはおもりがのっていた。足をなんとかあげてステップを上がり、おそるおそるバスの中を見渡す。

やっぱりいない。嫌われたんだな。無理もない。

これで朝の幸せな時間は終わり。元々は見ているだけのしぼんだ風船のかけらだったが偶然にも空気が入ってきた。やっと風船に空気が入って膨らみかけたというのに次の空気が入らない。それどころか、膨らんでいくのがとまる。いや、もっと状況は悪い、しぼんでいってしまう。もしかしたら破裂したかも……。


来週の火曜日はバスに乗るのを止めようと思う。特に確認する必要はないだろう。どうせ乗っていないさ。終わったんだとあきらめよう。そんな考えが僕を支配した。

木曜日は雨になる。今日の雨の様子からは歩いていくのは大変だからバスに乗ることにする。彼女がいるかどうかの期待ではなく単純に雨だったから。アパートからバス停まで歩いていく間、暗い空から落ちてくる雨粒が僕の心にも降り注ぐ。歩くスピードも心に注がれた雨の重みで遅くなる。

ところがバスに乗ると彼女を見つける。

あれ、いるじゃない。

ときめきと不安が一緒になって降ってくる。どちらも同じくらいの量なので僕はどう行動すればいいのかわからなくなる。でも、声はかけなきゃ何も始まらない。

「おはよう」

「おはよう」

「今日は雨だね」

またまたしょうもない会話からスタート。天気の話からするしかないのかよと自分に突っ込みが入る。

「そうですね。冷たい雨ですね」

「まったく」

このままでは話が進まない。そうだ母親のことを聞いてみよう。

「そういえば、この間、お母さんが遊びに来たんでしょ」

「はい、一週間泊まってくれたんですよ。せっかく来たのでいろいろなところを案内してあげました」

なるほど、それでバスで出会わなかったのかもしれない。

「どこに行ったの」

「市内観光や小旅行で近くの温泉にも行ったりしたんですよ」

彼女は明るく楽しそうに話をしていたので安心する。そして、その顔を見ていると相変わらずかわいいなと再認識することになる。

これなんだよな。

彼女のかわいい顔を見ているだけで元気になれる。それだけではなく、話している声だって僕の心に届いてくる。彼女の声の音色が僕には心地よい。

「それはよかったね」

大人びた目線の言葉。もっと違う言い方はできないのか。

なぜバスにいなかったのかは聞く気にならない。前に会ったときのように一緒に話をしてくれる、それだけで十分だったから。そして、バスは乗り継ぎの停留所に着いていつものように一緒に乗り換える。

今度は彼女から、

「今度ね、海外から友達が来るんです」

「へぇー、そうなんだ」

「今度は友達を案内してあげようと思って」

「それは喜ぶだろうね。いつ来るの？」

「今度の日曜です」

「海外の友達とはどうやって知り合ったの？」

「高校のときに短期留学で私の学校に来て、女性同士で話しているうちに気があって帰国してからも連絡を取り合っているんです」

友達が女性と聞いてなんだかほっとする。どうしようもない、愚の骨頂のジェラシー。

「すごくかわいい子ですよ」

君よりかわいい子がこの世にいるわけはない。正直な想いだった。

「友達と二人で久しぶりに旧交を温めるわけだね。それは楽しいだろうな」

「ええ、今から二人とも楽しみにしています」

「よかったら僕も一緒に案内しようか」

自分でもなぜそんなことを突然言ったのか理解できなかったが、気がついたときには自然に話の流れで口から出てしまっていた。このまま流されたくない、何かを変えたい気持ちが僕の口を動かしたように思う。これまでと違う自分に驚いた。

でも、変な意味にとられないといいな。友人がかわいいからと言われて提案したわけではない。どんな反応が返ってくるのか……。

「…………」

彼女は無言。反応なし。一瞬考えているようだった。

まずい、余計なことを言ってしまったのかもしれない。断られたらどうしよう。一気に不安が押し寄せる。

彼女を困らせてしまったか。まだ、そんなに親しくなっていないか。

また、やってしまった……。

彼女の答えを待っているうちに僕が降りるバス停に着いてしまった。

このまま答えを待って乗り続けるわけにはいかない。降りなきゃいけない。

「じゃ、また」

挨拶だけして急いでバスを降りる。まだ、冷たい雨は降り続いていた。

僕の申し出に対する返事は結局聞けなかった。明日は金曜だから今度の日曜はすぐきてしまう。彼女と連絡先も交換していないし、明日に会えるかどうかもわからない。

無理だな。

一緒に案内しようかと口からどうして出てしまったのかと思うと同時に、言うならなぜもう少し早く言わなかったのだろうと後悔したがあとの祭りだった。

言い出すタイミングが悪いんだよな。何もバスを降りる間際になって言わなくてもいいじゃないか。何も考えてないからだ。

相変わらずダメな僕。

Ⅵ

その日の午前中のこと。

たまたま午前の授業が休講となり、研究室の一番奥の実験台で実験器具をいじっていると部屋の入り口に人の気配がする。

研究室の入り口のドアはいつも開けっ放しにしていた。毎日、顔を出すのは指導して頂いている助教授。いつものように助教授の巡回だなと思っていた。しかし、助教授は何も言わずにすっと研究室に入ってくるのに人影は研究室の入り口で立ち止まってすぐに入ってこない。研究室の入り口に書いてある名札を確認しているようだ。

それから入ってきて声がかかる。

「ここに園田君はいる？」

「はい、ここにいます」

声をかけてきたのは助教授ではなく、事務のおじさんだった。

どうして事務の人が僕のところに来たか理由がさっぱりわからない。今まで研究室に来たことなんてない人だからとても不思議だった。

いったい僕に何の用事があるというのか。なにかの苦情を言いに来たのかもしれないと身構える。整理整頓された研究室とは言いがたかったし、今日に限って同じ室のメンバーの机の上には漫画の本も散らばっている。こんなところを見られるなんてまずい。

事務の人は研究室の散らかっている様子には目もくれず、僕の方を向いて一言。

「お客さんが一階の玄関に来ているよ」

ちょっとニヤニヤしながら話しかけてくる。

「お客さんって誰ですか」

「君に用事があるらしいよ。ま、行ってみて」

苦情じゃないから良かったけど僕にお客さんって誰だろう。

まったく心当たりはない。だいたい用事があって僕を訪ねてきた人なんて今まで一人もいなかった。何度考えても思い当たる人はいなかった。

不思議に思いながらも事務のおじさんと一緒に三階の研究室を出てエレベーターに乗る。エレベーターの中でもなんだろうとの思いばかりで無言のまま。事務のおじさんとは何も話さずにエレベーターの階数表示が下がっていくのをじっと見ていた。

とにかく一階の玄関フロアまで降りていく。

エレベーターが一階まで僕を運んでくれて扉が開いて正面にある入り口の方を見ると一人の女性の姿が見える。なんと、そこには彼女が傘を持って立っているではないか。その姿に気がついたときはほんとに驚いた。彼女が僕を訪ねてくるなんて現実とは思えない。現実には起こるはずのないことが今起きている。

なぜ、ここに彼女がいるんだ。

エレベーターを降りたその場で思わず立ちすくんでしまう。

今朝、バスで一緒に話をして、さっき別れたばかりじゃないか。僕はきっと目を丸くしていたのに違いない。あるいは鳩が豆鉄砲をくらったようなという表現が当たっているのかもしれない。そんな顔をしていたのに違いない。

唖然としていたが、そのうちに彼女の姿がはっきりと見えてくる。彼女の髪の毛がちょっと雨に濡れている。傘をたたむときに雨に濡れたのかもしれない。その姿はとても愛らしくみえる。入り口にポツンと一人で立っている姿は抱きしめたくなるような存在だった。

とてもとても抱きしめたい。

強い思いが湧き上がる。でも、大学の建物の中でそんなことはできるはずもない。呆然としている時間は長く感じたが、意を決して彼女に近づいていく。

彼女は僕を見ると今にも泣き出しそうな目をしている。

「私、ちゃんと答えてなくて……」

さらに抱きしめたい気持ちをぐっとこらえた。僕の目には彼女の姿しか見えなかったが、呼びに来てくれた受付のおじさんはいつの間にか受付に戻り、窓から成り行きを興味深く見守っている気配を感じてしまっていた。彼女に何か言葉をかけなくては。

言葉をしぼりだす。

「よくここがわかったね」

「ええ、化学学科の建物はここしかないから」

ばかな質問をしてしまった自分にあきれる。

「なるほど」

「それでとにかく来てみて建物の入り口から入ったら受付があったので、あなたに会いたいと名前を言ったら探してくれると……」

「そうだったんだ。授業とか大丈夫なの」

「この時間はちょうど空き時間だったので来ちゃいました」

なんともかわいい言い方。

「そうか……」

こんなとき、なんて言えばいいのかわからない自分を見つけてしまう。ほんとになんて言えばいいのだろう。あまりの驚きに僕を訪ねてきてくれたうれしさを伝える言葉が見つからない。

「迷惑でしたか」

「いや、そんなことないよ……」

「それでね。朝の答えを言いに来ました」

今度の日曜日に海外から友人が来るときに僕も一緒に行こうかとなにげなく言った、アレのことだ。そんなふうにあらためて言われると怖い。もう終わった話になったと思っていたのに。

今日ここで答えを聞く心の準備はできていない。

「せっかくなんですけど、友人と二人で過ごしたいから一緒というのはちょっと……」

「そうだよね。それがいいね」

大人ぶった返事をしてしまう。ずいぶんとものわかりのいい大人だ。考えてみればその通りだった。だいたい、僕が一緒にいる理由がないじゃないか。彼女の恋人でもないし、つきあってもいないし。

「でも、友人もいろいろな日本人に会って話をするのもいいと思うので、青葉城跡の見学のときだけ一緒にどうですか?」

全部断られたわけではない。これっていいことなのだろうか。たぶん、いいことだ。僕の提案は通ったのだから。何よりもうれしかったのは彼女の友達はいるけど彼女とバス以外の場所で初めて会うことができることだった。

「もちろん、いいよ」

「それじゃお願いします。青葉城跡の銅像の前に午後二時に待ち合わせしましょう」

「うん、わかった」

そこで悲願の連絡先を交換する。

「では、日曜日に」

「これから学部に戻るの?」

「ええ、午後は授業がありますから」

「まだ、雨が降っているみたいだから気をつけて」

「はい」

彼女は明るい笑顔に戻っている。ほんとはこの笑顔が一番好きだったと気がつく。それから彼女は受付の方に一礼して入り口の扉を出て行った。受付の窓からおじさんが顔を見せてうなずいて見送る。

僕は彼女が傘をさして学部に戻るために道路の反対側のバス停に歩いていくのを見送った。すると彼女は一度振り返り、僕に一礼してからそのまま歩いていった。

僕が研究室に戻る途中で受付を見て一礼すると受付のおじさんが窓から首を出して僕の方を見ながら興味深く声をかけてくる。

「どうかしたの」

「いや、とくになにも……」

「用事は済んだの」

「ええ、呼び出していただいてありがとうございました」

「どういたしまして。会えてよかった」

受付のおじさんはニヤニヤしながら僕を見送ってくれる。

もっと聞きたいことがあるような雰囲気は僕でもわかる。

こんなこと、受付のおじさんにとって、そうあることじゃない。たぶん、今まで一回もなかったのではないだろうか。何があったのかは興味があるに違いない。女性の学生がたった一人で男性の僕をわざわざ訪ねてくるのだから。

しかも僕の名前を知っているだけで彼女は僕の連絡先も知らない。いったい二人の関係はどうなっているのだろうと誰だって考えるのが自然だろう。なぜ訪ねてくるのか不思議でしょうがないと思っているのに違いない。ここは大学だから小学生のようにからかわれることはないけど。

しかし、笑みを浮かべる受付のおじさんに対していやな気持ちはまったく起きない。それどころか、今起こったことを自慢して解説したいくらいだが、残念なことに自分でもうまく説明できる自信はない。なにが起こったのか、自分でも理解が進んでいなかったので、自分の中で消化できていなかった。

研究室のある三階に向かうエレベーターに乗るとまだ呆然としているなかで今起こったことを自分の中で反芻《はんすう》していた。彼女は初めてのところに来て名前をたよりに僕を探しにきたのだ。建物に入って受付の人に言って呼び出してもらった。彼女の思い切った行動力に感心するとともに、あれっ、と思う。

もしかして、もしかしたら、僕のことを少しは気にしてくれているのかもしれない。

そんな考えが湧き上がってきて僕の頭を一杯に満たす。頭の中を一杯に満たすと心臓に伝わってきて鼓動が高まってくる。研究室に戻るともう実験は手につかない。他の人から話しかけられても、うわの空になる。

彼女と話してきたことが頭の中で再現されては繰り返して、幸福感があふれでてくる。誰かから話しかけられることでこの幸福感から離れてしまうことを、身体が拒否していた。

さっき見た彼女の姿がはっきりと残像として定着している。あのときは初めて抱きしめたいと衝動が湧いたのを思い出す。思い切って抱きしめればよかったのだろうか。それができないなんて怖がりな僕なのだろうか。現実には難しいようなことまで考えてしまう。

日曜日が待ち遠しくなるなんてこれまで経験がなかった。今までは日曜日は単なる身体を休める日。一日中アパートでごろごろしてテレビを見て過ごす日だったから。

経験がなかったので、どうしていいかわからないが、時間は確実に経つので待てばいい。待つことは簡単なことだと思ったが、そうでないことをこの日の夕方まで思い知らされる。

とにかく時間が経つのが遅い。まだ、お昼にならない。まだ、夕方にならない。一日中、まだかまだかの繰り返し。それが明日の金曜日、土曜日と続くわけか。待つということはこんなに大変なことなのか。

楽しみは待ち続ける辛いことの連続のあとにやってくることが実感できた。この辛さは楽しみが来ることがわかっている辛さだから乗り越えるのも楽しみといえる。理性的に考えればそうなのだがそれは理想というもの。現実は辛いとしか感じられない。

そういえば、案内役を買って出たわけだから調べておかないと。観光案内をする人と同じくらいとまではいかなくても観光客の知識は上回らないといけない。そう思うとこの待つ時間は有効に使える時間、必要な時間となっていく。

Ⅶ

辛い日々が過ぎてやっと日曜日がくる。

今日は日曜日なのに目覚ましをかけて早く起きた。いつものように朝寝してお昼を食べていっても間に合う時間だけど、午前中からそわそわしている。なにも手がつかない中でテレビをつけて映像を流し、音を鳴らして落ち着こうとしていた。画面をボーッと見ていると出発の時間が近づいてくる。

服装はいろいろと考えてみたがしゃれたものはないので、時々大学に通う服装になる。ジャケットを羽織ることにした。一応、自分で考えられる最高のフォーマルな服装かな。彼女の友達と会うわけだからフォーマルがいいだろうと自然に考えた。

でも、ここで気がつく。はたして今日は冬のコートを脱ぐ場面があるのだろうか。今日は案内するだけだからコートは脱ぐ機会がないだろうな。今まで服装をどうしようかと考えていた自分を微笑んでしまう。やっぱり、冷静ではないのだろう。

お昼は近くのバス停に行く途中のそば屋さんに行って、途中でおなかが空かないようにカツ丼を食べて準備万端にする。一緒にいるときにおなかの音でも鳴ったらかっこ悪い。予定の時間より一時間前に現地に着いて周囲を散策してみる。今日は天気もいいし、仙台市が一望できる絶好の日和となっている。ここは定番の観光地。日曜日でもあるので観光客も多い。僕はといえば実は初めて来た。観光地の近くにいるとそこにはなかなか行かないもの。

一度も来たことないのでほんとは案内なんてできないのだけど、彼女と一緒にいたくて勢いで言ってしまった。彼女と一歩でも近づきたかった気持ちが口から出ていた。このことは僕にとって悪いことではない。

考えすぎるときっと言えないから。

自然と気持ちを口から出せたのは僕の成長と言えると自画自賛していた。

行ったことのない有名な観光地である青葉城跡を事前に調べて、それだけでなく現地を見ておかないとぼろが出る。今日は早く現地に来て下見していた。

約束した二時、その五分前になり、待ち合わせ場所の伊達政宗像の辺りに行くとおしゃれな服装をした二人の女性がいる。日本人と外国人の二人ですぐに彼女たちとわかった。

彼女の服装はもちろん今日も僕の好み。大学に行くのとはまた違ったブルーのコート姿だった。白いふわふわしたイアリングもちょっと風に揺れて、彼女にお似合いの光景。揺れているイアリングが僕の心も揺らしている。

まずは彼女に挨拶。

「こんにちは」

「こんにちは。日曜日にすいません」

「全然、問題ないよ」

正直、友人の案内で来たのが目的というよりも彼女と休みの日に過ごせることが目的だったからなんの問題もない。今日の日曜日は子供の頃友達と遊園地に行ったときのようにワクワクしている。こんな楽しい日曜日は大学に入って初めてのこと。

英語で友人にも挨拶する。

「ハロー」

「こんにちは」

英語で挨拶したら日本語で返されてしまう。日本語は勉強していて短期でも日本に留学していたから、少しは日本語が話せるそうで安心する。基本は日本語で大丈夫とのこと。

「日本語上手ですね。僕は園田です。よろしく」

「日本語は少しだけです。私はシャルロット。よろしくお願いします」

僕は礼儀だと思って手をさし出して握手を求めたが、女性とこんなときって握手してもいいんだっけ。僕が手を出したときにちょっとためらいがあったぞ。まあ、もうやっちゃったからしょうがない。

彼女とも握手してないのに……。

どうしようもない考えも浮かんでくる。もちろん、日本人同士で握手するのは自然じゃないのは十分わかっている。握手というより手をつなぐという表現を望んでいるのは隠さないでおこう。

シャルロットはフランス人だった。僕は偶然にも第二外国語はフランス語をとっていた。工学部の学生は第二外国語としてドイツ語を取っている人が多かったので、同級生からは変わったやつだと思われていたらしい。僕は高校のときにフランスの音楽でイージーリスニングに興味があったことからフランス語を選んだ。

フランス語の先生はロマンティックな先生だった。教科書にしていた読本が純愛の本でテストにどの箇所が出るかはみんなわかっている。予想通りに三回出てくるキスのシーンを翻訳せよとの問題がテストに出た。

授業も興味を持って受けることができ、余談で教えてもらった知識も暗記するつもりはなかったが自然と記憶に残っている。その知識が会話に役立つことになった。

「僕、フランス語の授業を受けていたんですよ」

「うわぁ、それはうれしいです」

「授業で習ったのですけどフランス語では国の名前の冠詞にラがつくのはフランスだけなんですよね。ラ・フランスでしょ。他の国はラ・は冠詞につかないでル・なんですよね。日本はル・ジャポンでしょ」

「うーん……、ほんとだ。そう言えばそうです」

「ほんとに知らなかったの」

「言われてみて気がつきました。まったく意識してなかったです」

「たしかに母国語は自然に使っているだろうから、いちいち考えないですよね」

シャルロットは面白い子だった。僕に合わせて驚いて話を盛り上げてくれる。もちろん、彼女が言った通りのかわいい子でもある。話している表情はいろいろと変化し、話していて受ける印象はおしとやかなお嬢様。着ているコートはピンク色で清楚な魅力があり、それが似合っている。まさにフランスのかわいい女性だった。

でもでも、彼女の方が僕にとってはもっとかわいい人。

場がなごんだところで案内役をしっかりやらないと。

「ここにある像は四百年前の戦国武将なんですよ」

「そんなに昔の人なんですか」

シャルロットが興味を持ってくれる。昨日の一夜漬けの知識を語る。説明していると日本語だけでは伝えるのが難しいところもあったので、そこは簡単な英語で説明を加える。さすがにフランス語では説明できなかった。シャルロットは英語の方が日本語よりも理解できる。

僕は簡単な英語なら話すことができる。教養学部二年のときに英語のヒアリングとスピーキングの授業を取ったから。理科系では必須単位ではなかったが、せっかく合格したのだから勉強しようと取ったものだった。高校時代には英語はヒアリングもスピーキングもいまいちだったという負い目もあった。

だから大学の授業は一生懸命に受けていたし、授業後は図書館でヒアリングの自習もやっていた。英語を話す訓練も独り言のように声を出して自主的にやっていた。そんな甲斐もあって授業の最初の頃は先生に指されても満足な答えができなかったのが、後半の頃には満足な回答ができるようになり、先生が僕を指す回数は増えていく。まさか、そうした自分の勉強が大学在学中に役に立つなんて。しかも大事な場面で。

今思えばフランス語も英語もこの日のために勉強してきたようなものだった。ほんとにやってよかったとの思いがこみあげてくる。なにが幸運をもたらすかわからない、日頃の勉強が大事だなと自分のやってきたことが誇らしい。

シャルロットに武将の説明をしながら像を眺めていると、彼女が横から声をかけてくる。

「英語が私より上手ですね」

「そんな恥ずかしいよ」

「いや、上手だと思います。説明がうまいからシャルロットも興味津々です。それとフランス語も話せるなんてすごい」

「英語はたいしたことはないよ。フランス語だって話せるわけではなくて、ほんの片言を知っているだけだから。だけど、そう言ってくれると来たかいがあったかな」

「はい、来てくれてよかったです」

おお、これはポイントをとった。でも、ほんとはほっとする。案内役なんて必要ないと思われなくて良かった。役に立たないと単なる邪魔者になる。

三人でいると観光案内の腕章をつけた人が声をかけてくれる。

「写真撮りましょうか」

なんていい提案なんだ。そうだ、写真だ。これは彼女と一緒に写真を撮るチャンス。もちろん、シャルロットも入れて三人で。僕は写真を撮りたいけど今日の主役ではない。みんなの意見を聞かないと、などと考えていたらシャルロットが直ぐに反応してくれる。

「すいません。お願いします」

やったー。心の中でガッツポーズ。観光案内をしている人が救世主に見えてきた。彼女と一緒の写真を残せるのだから。観光案内の人から声がかかる。

「それじゃ銅像の前に三人で並んで」

もちろん、僕は彼女の隣の位置をキープしたいのだが……。

「今日の主役はシャルロットだから真ん中に入って」

彼女から当たり前の言葉がかかる。本心とは違うけど僕も同調する。

「そうだよね。それがいい」

シャルロットを挟んで三人で並ぶ。

観光案内の人が声をかけてくれる。

「じゃあ、撮りますよ。はい、チーズ」

無事に彼女との写真を残せた。

「ありがとうございました」

みんなでお礼を言って次の場所に向かうことにする。

「今度は仙台を一望できる場所に行きましょう。今日は天気がいいから仙台の街がくっきりと見えますよ」

さっき、下見しておいた場所まで先頭に立って誘導していく。

「どうですか。ここからの眺めはすばらしいでしょう」

「ビューティフル」

シャルロットが気に入ってくれたようだ。早く現地に来て下見した成果が出た。また、ポイントを取ったな。今日の僕は調子がすこぶるよかった。

その後、僕は大学のことや勉強のことなどを話し、シャルロットは留学した高校時代のことを話してくれる。

「留学したときに麻美と一緒に富士山に行ったのは忘れられないです。最初に富士山を見たときにはとても感動しました」

「富士山に行きたいというから案内したけど、私も行ったことがなかったからどうやって行くのか一緒に調べたね。いろいろと調べるのも楽しかった」

どこかで聞いたような話だけど高校時代の話には僕は興味津々だった。だって、彼女の話も出てくるから。自然と彼女も一緒になつかしそうに高校時代の頃を具体的に話してくれる。

このことは僕には今日来てよかったとさらに感じさせた。僕が知りたい彼女の過去を彼女の友人がボトルのふたを開けて注いでくれる。僕が聞かなくても自然と二人の話から、僕の知らない彼女の姿に触れることができる。

そして話をしている彼女を見ているだけでも楽しかった。彼女が友人と話す横顔は今日の天気のようにさわやかだった。


一応、彼女の方だけ見ないようには気をつけていた。彼女とシャルロットに視線を半々に向けるようには注意していたつもり。彼女の方だけ見たい気持ちをぐっと抑えるのにはかなり苦労した。

よく考えればわかることである。シャルロットに嫌われたら彼女にも嫌われてしまう。それを考えれば自分の行動をどうすればいいかはわかっている。そんなことが頭に浮かぶことで僕の意識はコントロールできた。こんなふうに考えられる僕は冷静だった。

あっという間に時間が経っていった。このまま一緒にいたいがこのあたりで失礼する時間になってきた。この辺で、と彼女に言わせるわけにはいかない。僕から言わないと。

「じゃあ、そろそろ僕は失礼しようかな」

「うん」

彼女は予定通りにうなずいた。ちょっとだけ、引き止めてくれるのを期待してなかったといったら嘘になる。

シャルロットからは予想外の提案を受けた。

「よかったらメールアドレス交換してくれませんか」

一度会ったら友人とのこと。そのフランクさがうらやましい。僕もそんなふうに行動できたらどんなに人生が変わったことか。シャルロットとメールアドレスを交換する。

僕が失礼すると話したらシャルロットは残念そうにしてくれたが、気を使ってのことなのはわかっている。二人でせっかくの旧交を温めあっているところに第三者の僕がずっと一緒にいるのは場違い。僕が一緒だと二人の話す内容に遠慮もあるだろう。今がいい頃合いだ。

今日会ったときから別れのときにフランス語で何を言おうかとずっと考えていた。覚えていたフランス語をなんとか思い出して、シャルロットにかっこよく別れを告げる。

「ボンボヤージュ、楽しい一日を」

「オゥボワール、さよなら」

シャルロットが答えてくれた。

二人とも肩の辺りで小さく手を振って見送ってくれた。彼女が小さく手を振ってくれる姿が僕の胸を苦しくした。僕も小さく手を振ってからバス停の方に歩いていった。

途中で振り返るのは止めて一目散にバス停に向かった。もしも振り返ると未練が出そうな気がしてとてもできなかった。引き返したい自分を見たくなかった。

その後は駅に行ってよくあるチェーン店に行き夕飯を一人で寂しく食べた。寂しくはあったが心はそれほどでもないとも感じていた。今日はうまくいった感じがしたから。

思い出すのがうれしかったから一人ではあるが楽しい食事になった。本音を言えば一緒に食事がしたかったが、まだ、その段階ではないと自分に言い聞かせていた。

帰宅する前にアパートの近くの酒屋でウイスキーのボトルを生まれて初めて買う。歩いていると、酒屋の店先にあった今日の出会いを象徴するかのような帆船のラベルに惹かれたからだ。今日はいい船出の日になった。アパートに帰宅しても今日の出来事を思い出してはうまくいったとニヤニヤしていた。

普段は家ではお酒をまったく飲まないが今日は飲むか。もともとお酒は好きということもなく、強くはなかったが、そんな気分だった。昨日より一歩踏み出した自分を祝いたかったのだろう。何かが変わったことに乾杯したかった。

ボトルの封を切り、コップに少しだけ注ぐ。それを口にひと口含むとお酒の強さに咳き込んでしまうが、そのまま飲み干す。やがて顔が温かくなってくる。心も温かくなってくる。今日のすてきな時間をほろ酔いの中で感じている。口に含んだウイスキーと一緒に今日感じた幸せが僕の中にしみわたる。一人で味わう幸せな時間とはこういうことなんだよな。ウイスキーを口に含む繰り返しが大きな幸せを呼ぶ。

こんな幸福感に包まれている自分をこれまでからはとても想像できない。彼女に会えるかどうか悩んでいたのは過去のこと。会えないと悲壮感に包まれていたのも過去のこと。

火曜日の朝はアパートの近くのバス停からバスに乗ると、予定通りに彼女はいた。やっぱり、こうでなきゃねと安心する。

「おはよう」

「おはよう」

朝の挨拶も自然になってきた。

「日曜日は天気がよくてよかったね」

「ほんとに」

「あれからどうしたの」

「あれから大学に行ってキャンパスを案内してあげたんです」

「文科系のキャンパス」

「はい、それと工学部のキャンパスも案内したら敷地が広いのでびっくりしてました。工学部の中にバスの停留所が三つあるのを知って、さらに驚いてましたね」

「なるほど、僕は慣れているから当たり前だけど、初めて見る人には驚きだろうな」

「日曜はとても楽しかったようですよ。案内のお礼を伝えてほしいって」

「いや、そんな」

「あのあと、シャルロットは一緒に見た眺めが気に入って夜景もみたいと言い出したので、暗くなってからもう一回青葉城跡に行ったんですよ」

「え、そうだったんだ」

「私も夜景は好きだけどすてきでした」

その時間は一人で夕食を食べていた時間かもしれない。夜景か、僕もなにげなくもう一度見に行けば、偶然会えたわけだ。そしたらまた違う展開になったかもしれない。さらに親しくなれたかもしれない。まったく、女の子の感性を想像できない僕自身に失望する。

今日はスムーズな会話ができたことには安心した。だけど、まだどこか硬い言い方だなと気になっていた。もっと普通に話してくれればいいのに。

第一歩は友達のようにかな。


動物公園前で乗り継ぎのバスを一緒に待っていた。

「この乗り継ぎの動物公園前だけど、ここの動物公園には行ったことある？」

「ないです。仙台の動物公園は有名なんでしょう。入り口から見たよりも結構大きい公園かもしれないですね」

「動物公園に一緒に行ってみない？」

思い切って言ってしまった。でも、よく言った。自分の勇気をほめてあげたかった。

「それもいいですけど、目の前に見える遊園地の方が気になりますね」

「なるほど、そうだね。じゃあ、遊園地に行ってみようか」

「そうですね。せっかくだから行ってみましょうか」

「そうとなったら次の日曜日はどうかな」

「いいですよ」

「じゃあ、十時の最初のバスで待ち合わせで」

「はい、わかりました」

やった！

また、日曜まで辛い待つ時間が来るんだ。苦しくも楽しい時間。これを乗り越えれば楽しい時間がやって来るのはわかっている。

日曜日が来て待ち合わせた通りに今日は決められた一緒のバスに乗っている。バスにいるかどうか、やきもきするいつもの不安から解放された。今日は必ずバスで出会うとわかっているから安心だった。

今日の彼女は通学時にいつもみるグレーのコート。耳には僕のお気に入りの白いふわふわしたイアリングが揺れている。

一緒に隣同士のつり革につかまり、朝の挨拶をして今日は楽しみだね、などと話をしているうちにすぐに動物公園前にバスが到着して一緒に降りる。

ここまではいつもと同じだった。違うのはここから。今日はずっと一緒にいられる。今日は動物公園前で降りたら遊園地に行く前に、どうしても言おうと決めてきたことがあった。

「ねえ、越川さん、僕たちは友達かな」

「…………、そうですよ」

「じゃあ、お願いがあるんだけど、友達のしゃべり方にしてくれない」

「…………」

「君のしゃべり方が時々よそよそしいと思うときがあるんだ。もっと、友達らしくしたい。どうだろう。ぼくたち同級生でもあることだし」

思い切って言ってしまった。ここを越えないと、いつまでたっても友達にはなれない気がした。バスで出会うただの知人からまずは友達になりたいと思っていた。本音は恋人になりたいのだけど。それはいきなりなので焦らないで一歩一歩進めていこうと考えていた。

まずは一歩進むために何かが必要だと思いつめてもいた。彼女への言い方は昨日の夜に何回も練って考えた。今朝だって繰り返して練習したから僕の言いたいことは伝わったと思う。

今日は人生が始まって以来の勇気を出した。今日こそさらに親しくなるための勝負の日と決意していた。何もしないで運命に任せて負けるよりは何かをして負ける、いや、勝ちにいく。そんな不退転の決意。彼女はどんな反応をするのだろう。

「わかりました。あっと、そうじゃない、わかった。これでいい」

「それがいい」

よかった。この方が親しくなっていると実感できる。言い回しを換えただけで親近感がわく。僕から強制したのは残念だけど。

「はい、じゃあ、モードを今から変えますね」

「まだ変わってないと思うけど」

「あ、また、言っちゃった」

二人とも顔を見合わせて笑ってしまった。

「じゃあ、遊園地に入ろう」

「うん」

切り替えの早さにちょっとびっくりしたけど、こんなことなら、もっと早くに僕の気持ちを彼女に率直に伝えればよかった。思った通り彼女は素直なかわいい女性なのかもしれない。僕の目に狂いはない。今日は伝えることができてよかった。今日は楽しくするぞ。

遊園地のチケットを買って入っていく。ここは割り勘。チケットは当然のごとく乗り物乗り放題のフリーパスだ。

「どこに行こうか?」

「まずは観覧車」

「観覧車?」

「そう。バスの停留所から見える観覧車がずっと気になっていた。ここは山の上でまわりにはなにも建物はないでしょ。観覧車で上からみたらきっといい景色だろうと思うなぁ」

それはそうだろうが実は僕は高いところが昔から苦手だった。高所恐怖症と言えるかも。しかしだ、彼女の希望に水をさすようなことはとても言えない。

ちょっと震えがきたが、ひるむわけにはいかない。彼女だって遊園地に一緒に行く僕の望みをかなえてくれた。僕だって彼女の望みをかなえる。それに見たところ、そんなに大きな円を描く観覧車ではない。観覧車は小規模なものだった。これくらいの高さなら大丈夫。

「よし、行ってみよう」

観覧車の列に並ぶ。みんな景色に期待しているのか結構人気だった。少し待って僕たちの順番がやってきた。タクシーに乗るときに声をかけたように彼女に声をかける。

「先に乗って」

「ありがとう」

二人向かい合わせで座る。こんな状況はとても緊張してしまう。彼女の顔を真正面からこんな近くで見たのは化学学科の研究棟を訪ねて来てくれたとき以来だった。いや、今の方が二人の距離は近いかも。彼女は無邪気にはしゃいでいた。

「見て見て。やっぱり眺めがいい」

やっと、友達になったんだなと感慨に浸る間もなく観覧車は頂上に達した。観覧車は小さいけどそこから見える景色は絶景だった。僕には外の景色よりも彼女のイアリングが揺れているのがとてもいい光景に見える。

高所の緊張もあり言葉少なく外を見ているけど、僕の足はしっかりと観覧車の床を強く踏みしめていた。一方で彼女は元気だった。

「すごーい。仙台の街が全部見えるね」

「ああ……」

「もっと感動してもいいと思うけど」

「そうだね……」

なんとか観覧車が一周して地面を踏むことができた。

「やっぱり、私の期待通り。景色が最高だったなぁ」

僕は景色より彼女を見ていた時間の方が長かったかもしれないけど。

「確かに。じゃあ、次は何に乗ろうか」

「次はジェットコースターに乗ろうよ」

実はジェットコースターも苦手だった。スピード系で振り落とされるような不安感があるので一人だったら乗ることは絶対にない。しかし、彼女と一緒ならいけると自分に言い聞かせた。

ジェットコースターも人気で列ができていた。並んでいると僕たちの順番がやってくる。

どういった巡り合わせなのか、気がついてみると次に乗る順番の先頭になっている。そのまま係員に案内されてジェットコースターの一番前の席に乗る羽目になった。

やばいよ。

そんな僕の気持ちを知らない彼女は起こったことを無邪気に楽しんでいる。

「ねえ、信じられないね。私、ジェットコースターの一番前の席は初めて。こんなラッキーなことってあるんだね」

「ほんと、ラッキーだね……」

もちろん、ラッキーだなんてひとかけらも思っていない。アンラッキーなことってあるんだ。よりによって彼女と二人で乗るジェットコースターなのに。一体、こんなことが起こる確率ってかなり低いはずなんだけど。世の中は不条理だ。

考えてみればジェットコースターに乗るのは生涯でも三回目。乗るときはなにげなく乗ったけどジェットコースターが動きだして頂上に上がっていくときは、まわりの風景を見ないようにしたから話ができた。

「結構高くまでいくんだね」

「思った通り、ここから見る景色もいいなぁ」

視線はなるべく風景を見ないで近くを見ていれば大丈夫と、自分に言い聞かせていた。

さらに急激に下りのスタートになると目を正面から避けていた。さすがに目を閉じるのは情けないので、伏せ目にして周りを見ないようにしていた。

横に乗っていた彼女は正面を向いて、きゃあーと悲鳴をあげながらもスピードがゆるんだときに僕に話しかけてくる。

「すごい眺めだね」

「そうだね」

と言いながらも周囲は見ていない。しっかりと目の前のバーにつかまって前だけを向いていた。彼女は僕の方を見て話す余裕があるから、僕の様子から気づかれてしまった。

「周囲の眺めきれいだから……」

「ああ」

こんな状況がやっと終わり、ジェットコースターはスタート地点に戻った。降りてほっとする。再び、地面を踏むことができた。降りてから彼女が話しかけてくる。

「もしかして、ジェットコースターは苦手？」

「そんなことないよ」

「ふーん、それならいいけど」

バレバレだけど、素直に認めたくはない。見栄っ張りってこと。

遊園地に来て後悔はしていなかった。素直にはしゃぐ彼女を見ていると以前にも増して魅力的に見える。そして、彼女の笑顔はいつもより輝いて見えた。そんな彼女を見ているだけで、僕の心の音色はきれいな景色に共鳴していく。

ここの遊園地は想像したより敷地が広く、アトラクションも多かった。次はどれにしようかなと歩いているうちにお昼の時間になってきた。

「お昼はどこで食べようか。遊園地の地図によるとフードコートがあるね。そこはどうかな」

「ふふ、実はお弁当を作ってきたの」

「えっ……」

「だって、お店で食べるなんて味気ないでしょ」

お弁当を一緒に食べるなんて、そんなことは考えてもみなかった。期待してもいなかった。彼女にはいつも驚かされる。僕の考えることの上を行っているんだよな。小学生の頃から。

「食べてもらえるかな」

「も、もちろんだよ」

「おかあさんに電話で聞いて作ったから味も大丈夫だと思う」

味なんてどうでもいい。彼女が僕のために作ってくれたんだから。なんでもいいんだ。僕のために作った、それだけで十分うれしい。

近くのベンチに二人で並んで座った。こんなふうに並んで座るだけでもうれしい。外は寒かったがそんなことは気にもならなかった。彼女は僕たちの間にハンカチを敷いてから小さなお弁当を置く。そして二つ用意してある割り箸の一つを僕に渡した。

「はい、一緒に食べよう」

「ああ……」

ぎこちない返事をしてしまった。うれしさを言葉で表現できなかった。こんなことになるなんて夢を見ているとしか思えない。もっともこんな光景は夢でも見たことはない。

「どうかな……。味は大丈夫？」

「うん、美味しい」

「そう、よかった」

「このきんぴらも作ったんだよね」

「そうだよ」

きんぴらだけでなく、卵焼き、ウインナー、これ彼女が作ったんだ。何を食べても美味しかった。うれしくて味はわからなかったというのがほんとのところ。とてもとても楽しい時間。そして、妙に緊張する時間。

楽しい時間は長く感じた。ちょっとだけ周囲の目も気になったが彼女は率直だ。

「私たち、周りからどんなふうに映っているんだろうね」

そう言われても困ってしまう。

「そうだね」

答えになっていない言葉を声に出して返すのがやっと。

お弁当を食べ終わったあとは、遊園地の地図を広げて次に行くところを決める。

「さあ、次はどうしようか?」

「こんどはコーヒーカップがいいなぁ」

コーヒーカップの形の乗り物にのってぐるぐる回るやつだ。もちろん、反対などしない。一緒に乗ると真ん中のハンドルを時折彼女はうれしそうに回す。僕はハンドルにつかまっているのがやっと。彼女の声が響く。

「うわぁ、すごく回る」

うれしそうなのはわかるけど、ぐるぐる回るので彼女の顔を見ている余裕はなくなった。ようやく時間になりコーヒーカップがやっと止まる。

「よく目が回らないね」

「これね、昔から好きなの。回って楽しいでしょ。コーヒーカップはきらい？」

「きらいってわけじゃないけど、僕は目が回ってしまったよ」

「練習が足りないんじゃない。これくらいで参っていてはジェットコースターだって厳しいんじゃない」

「まあね……」

「次はコークスクリューに行こう。小さいけど乗ってみたい」

今度はコークスクリュー、途中でぐるっと一回転するジェットコースターだ。僕にはジェットコースターは厳しいって言ってなかったっけ。もちろん、反論することもなく彼女が先に立って歩く。

「ねえ、あそこで一回転するんだよ。楽しみ～」

一回転する箇所が視界に入ってくる。

「一回転はすごそうだね」

行ってみると長い列ができていた。ここも人気のアトラクション。しばらく並んでいると順番が来て彼女からため息のような声が出る。

「あー、残念。今度は一番前の席にならないね」

「うーん、なかなかね。さっきは偶然にも一番前だったけど、そうそうないよ」

「そうだけど。今日は運がいいみたいだから」

今回は僕には運がよかった。そうそう一番前の席になってはたまったものではない。足元がよれよれになりながらコークスクリューを降りると彼女から思いがけないプレゼントの一言。

「そうだ、一緒に写真を撮ろうよ」

「いいね。どこで撮ろうか」

「うーん、コークスクリューをバックがいいな」

僕から言いたかったが言えないでいたから大歓迎だ。せっかく遊園地に来たので二人で写真におさまりたい。前に一緒に写真を撮ったときは二人きりでなかったので今後こそ二人きりの写真。これで今日の彼女に写真でいつでも会える。誰に撮ってもらおうか、近くにいる家族連れのおとうさんを見つけた。

「すいません、写真を撮ってもらえませんか」

「いいですよ」

「コークスクリューをバックにしてお願いします」

二人だけで写っている写真の僕はなんとなく照れているように見える。

彼女は気がきいていて、写真を撮ってくれた家族連れの写真を逆に撮ってあげようと声をかける。今度は僕がシャッターを押した。

ちょっと乗り物酔いで参ってきたけど、目的は乗り物に乗ることじゃないから大丈夫。彼女と同じ場所で同じ時間を過ごしているのが無性に楽しい。だからどこへでも一緒に行く。

「次は何にしようか」

「メリーゴーランド！」

「ジェットコースターとはまた違うね。メリーゴーランドも好きなの」

「そう、ファンタジーを感じる。木馬だよ。すてきだと思わない」

今でも率先して雪だるまを作るくらいだから、純粋な気持ちを持っているんだろうな。そんな純粋さも魅力に思える。要するに何でも魅力に感じてしまう。

二人とも無邪気に楽しんだ。まるで小学生のときにタイムマシンで戻っているみたい。小学生の頃にきちんと僕の気持ちを伝えていればなと思ったものの、今の気持ちさえきちんと伝えられない自分もいる。素直でない情けない自分はまだまだ修正されてなかった。

楽しいなかでも冬の日没は早い。だんだんと夕闇が迫っていた。遊園地に閉園を知らせるアナウンスが流れてくる。

「もう閉園の時間だね」

「え〜、早い」

「冬は夜の営業はないみたいなんだ」

「まだ乗りたいものあるのに。観覧車から見る夜景はすてきそうなのに」

まるで駄々っ子のように話す彼女。それも僕のお気に入りに追加される。

「残念だけど帰ろう」

もちろん、僕も帰りたくはない。もっと彼女と同じ場所で同じ時間を過ごしたかった。

遊園地を出て動物公園前から団地行きのバスに一緒に乗る。ちょっと話していると僕が降りる団地のバス停が近づいくる。

「一緒に降りない？　お弁当のお礼に夕食をご馳走したいんだ」

「お礼なんていいけど。でも、せっかくだから」

今日は一緒に初めて同じバス停で降りた。この辺で外食と言ったらシャルロットを案内する前に昼食を食べたそば屋しかない。お店に入って席につく。

「僕はカツ丼にしよう。なんでもどうぞ」

「うーん、そば屋は天ぷらが勝負だっていう話を聞いたことあるから天ぷらそばにする」

「そんな話があるんだ。詳しいね」

「どこかで聞いたことがあるだけ」

「次は僕も天ぷらそばにするよ」

食べながら今日二人で一緒に見た観覧車の光景を、そして彼女の作ってくれたお弁当のことを話した。二人だけの経験を共有できるって特別な関係になったような気がした。

「今日は一緒に遊園地に行ってくれてありがとう」

「今日は楽しかったぁ」

やったぁって感じ。彼女のこの一言が聞けてほんとうによかった。

「じゃあ、気をつけて帰ってね」

そば屋を出てすがすがしく別れて自分のアパートに帰っていった。お風呂に入り、ひと息ついたときにある考えが頭をよぎった。

僕はどうして彼女の家まで送っていかなかったのだろうか。今日は最初のデートじゃないのか。友達から一歩一歩進めるはずではなかったか。一歩進めるためにも当然家まで送っていくべきだったのでは。

一方で夜も早いし、帰り道は危なくないから一緒に送っていくのは彼女の住んでいるところを確認しに行くようで、それは迷惑かもと思ってしまっていた。

まだ、友達だしとの思いが強く、送っていくのは恋人になってからと勝手に決めつけて遠慮している自分もいた。自分の中での進め方を自分勝手に考えていた。何かと区別をつけたがる。理屈をつけたがる。彼女を想う気持ちはそんなものなのか。

なんだかな………。

こんな自分の扱いに困っていた。

きっと、ちょっと触ると壊れそうなのが怖いのだろう。

数日後の朝のバスのなか、彼女から突然の提案。

「仙台市内に屋内スケートリンクがあるでしょ。スケート滑りたいな」

「確かにスケートも楽しいかもね。よし、行こうか」

「じゃあ、授業が終わったらスケート場で待ち合わせね」

高校で体育の授業があってスケート場に何回か行ったことがあるから多少なりとも自信があった。小学生のときだって滑ったことがある。だから、スケートが滑れるイメージを持っていたけど実際には思ったように滑れない。

僕が彼女よりはちょっとは上手でリードしていくんじゃなかったっけ。転びそうな彼女を僕が手を貸して支える。それがスケートに来るときに描いた絵だった。

それがまったく逆になっている。彼女から心配そうに声がかかる。

「大丈夫」

「久しぶりだからね。今はちょっと感覚がつかめなくて。先に行っていいよ」

「じゃあ、ちょっとひと回りしてくるね」

僕が悪戦苦闘しているのを横目にすいすいとスケートリンクを回っている。あっという間に一周して僕に追いつく。

「どう？」

「なんとかね」

「スケートは簡単よ。私のように滑ればいいのよ」

「うまいのはわかったよ」

いとも簡単に言ってくれる。こっちはなんとか前に行こうとしているのに。こんなことならスケートも大学に入ってから練習しておけばよかった。英語やフランス語は勉強して役に立ったのに。スケートは大学に入って三年間、一度もやっていないことを後悔した。その気になればスケート場に来る機会はあったのに。

しかし、そんなことを考えないで今の時間を大切にしたい。彼女と二人の時間はとても大切な時間。それをやっと手に入れることができている。彼女を見ていると大切な時間を持っている幸せな自分に気がついて後悔の念を瞬時に吹き飛ばす。

彼女に見とれていたせいか転んでしまった。彼女から声がかかる。

「手を貸す?」

「ありがとう」

最初は僕のプライドにかけて女の子に助けてもらうことはできないと思ったけど妙なプライドなんだと気がついて自分の気持ちに素直になることにした。

差し出された彼女の手をつかんで立ち上がる。

そのままずっと手をつないでいるのはなんとなく恥ずかしかったので、立ち上がるとすぐに彼女の手を離してしまい二人で並んで一緒にすべる。

彼女は僕を見守るように一緒に滑ってくれる。リードされているのがちょっとだけ気になったけど、スケートをやることが目的ではない。彼女と同じ場所、同じ時間に一緒に存在する、それだけでいいんだよね。それだけで幸せなことはわかっている。

一緒に並んで滑っているときに僕の手と彼女の手とが触れて、どちらからともなく自然と手をつなぐ。彼女のほうを見ることもなく手をつないで前を向いて一緒にすべる。手袋をしてはいるが手をつなぐことで彼女と一緒だなと思えた。

手をつなぐことの方が一緒の時間、一緒の場所をすごしていると思える。僕と彼女との存在が手をつないで二人がつながった感覚があった。今日過ごした同じ経験をあとで話すのが楽しみ。

スケートが終わってから近くのイタリアンレストランでピザを一緒に食べながら、僕から話す。

「今日のスケートは下手なところを見せちゃたね」

「それも楽しかった。最初に氷の上を前に進もうとしている姿を思い出すとおかしくって」

スケート場で彼女が楽しそうに見えたのはそういうことだったらしい。

「変だったかな?」

「そうじゃなくて。滑っている格好を思い出すとおかしいの」

「やっぱり、変だったんじゃない。一生懸命だったからどんな格好かなんて気にしてなかった」

「その一生懸命さが良かった」

「ほめられていると思っていいのかな」

「もちろん、そうよ」

いつしか、僕も一緒に笑ってしまう。

帰りのバスの中でもスケートを思い出して僕から会話が続く。

「スケートは楽しければそれでいいんだよね。上手下手は関係ないと思う」

「ふふふ、それは負け惜しみかな」

「そう思うなら、それでもいいよ」

「それも負け惜しみかも」

「もう勝手にしてよ」

こんなたいしたことない会話を重ねることで、幸せな時間はどんどん増えていく。そして幸せな時間は増殖して雪のように積もっていく。


その後も時々バスで出会っては一緒に経験したことを話す日が続いていた。順番からいうと次は僕が誘う番だが、なかなか誘えないでいた。どこに誘ったら彼女は楽しいのだろうかと考えるとどうするかを決められないでいた。

想いが行ったり来たりの時間が過ぎていく。何を目的にして一緒に行けばよいのだろうか。女性を誘うことに慣れていなかった。何から考えればよいのかがわからなかった。

どうしようかとモンモンとしていて、気がつけばなんと来週の土曜日はクリスマスイブだ。クリスマスイブに彼女を誘ってもいいのだろうか。友だちの僕が誘ってもいいのだろうか。彼女は既に予定があるかもしれないから誘っても断られるのではないか。僕は断わられる現実を受け入れられるのか。

それが原因で二人の関係が気まずくなり終わりになってしまったらどうする。はっきりと彼女に関して白黒がついてしまうのではないか。

いろいろな想いが巡り過ぎていつまでたっても結論を出せないでいた。そんなことはお構いなしにクリスマスイブは容赦なく刻々と近づいてくる。

ここは決断のときだった。少ない勇気を絞り出して彼女に土曜日のクリスマスイブへの誘いの電話連絡をした。もう、やけくそ、どうにでもなれと開き直った。ダメでもともとだ。僕が電話で話す声はぎこちなくて緊張していたかもしれない。

「あの……、来週の土曜日なんだけど……、夕食を一緒にどうかな」

「いいわよ」

クリスマスイブを一緒にどうかなとはなんとなく恥ずかしくて口にできなかったけど、意外にも二つ返事であっさりとオッケーだった。なんだか悩んでいたより実際は簡単だった。誘わないで後悔するより、誘って断られて後悔するほうがいい、そんな気持ちが通じたのだろうか。うれしさのあまり、それを聞いてすぐに電話を切ったくらい。

オッケーはもらったが、さて、どうしたものか。デートスケジュールを立てないといけない。まずは映画かな。一緒に観るわけだから内容を共有して話が弾むかもしれない。夕食はイタリアンレストランで食事かな。すぐにイタリアンレストランを探して問い合わせをした。既に満席のところが多くて遅かったと思っていたけど五軒目にしてやっと予約が取れた。

もちろん、学生の身分でも二人分の食事代の支払いができるレストラン。あと一週間くらいしかない中でお店が確保できて運は僕に味方している。

大学の研究室にいると、いつものようにふらりと助教授がやってきて予定を確認する。

「みんなは来週の土曜は研究室に来るのか？」

間髪を入れずに僕が反応する。

「さすがにクリスマスイブですから実験は休みでしょう」

「おや、おまえ、さては予定があるのか？」

「いや、そういうわけじゃないですけど。先生だってクリスマスイブは家庭があるでしょ。僕たちが研究室に来たら先生だって大変でしょう」

「なんか、怪しいなぁ。ま、土曜休みなのはわかった」

まるで小学生の友達が僕をからかう会話のようだ。そんなからかわれる会話も楽しみを生み出していく。だんだん来週末のクリスマスイブが楽しみになってくる。

そうだ、彼女にプレゼントもしよう。お弁当では驚かされたから今度は僕が驚かす番だ。さて何がいいだろうか。あまり高価なものは無理があるし、思いついたのはマフラーだった。

あの雪の日のマフラー姿は今も忘れはしない。彼女のセンスにはかなわないが、彼女に似合うマフラーを探しに行こう。何色が似合うのだろうか。ピンクが似合うのはわかっている。それとは違う色で。

一日中、仙台の繁華街である一番町にあるお店を次から次へと歩き回った。どのお店に行ってもなにがいいかわからない状況の中で、結局、ライトブルーのマフラーにした。雪の白さに映える印象的な彼女にはライトブルーがアクセントになって似合うに違いないと、手にとって何回も彼女の姿を想像しているうちに確信していった。

Ⅸ

クリスマスイブには昼過ぎにバスで待ち合わせして仙台駅に向かった。まずは街のクリスマスの風情を楽しんだ。クリスマスの飾りで街はあふれかえっていた。その一つ一つに彼女は目を向けて無邪気にはしゃぐのだった。

「ねえ、みて。あのトナカイ。顔がかわいいね」

君の方がもっとかわいいと思ったけど、そんなことは言えなかった。ほんとのことだけど伝わらないような気がしてしまう。でも言ってみたかった。

「ほんとだね」

「それにくらべてサンタがね。ちょっとリアルな感じかな。もっとデフォルメしてかわいらしくした方がいいのにね」

その通りなのだが僕にはそんなことはどうでもよかった。彼女のすてきな横顔を見ているだけで幸せを感じていた。彼女の横顔をクリスマスイブの時間に僕が独り占めしていると思うとあとのことはどうでもよかった。

まだ、映画の時間までは一時間ほどある。どうしようかなと思っていると彼女から
「さっきのブティックにちょっと寄ってもいい？」

「まだ、時間あるからいいよ」

店に入ると色々な洋服を彼女の体の前にかざして僕を見る。

「どうかな？」

自然に聞いてくるのがうれしい。

「いいと思うよ」

なんと答えていいか困ったので肯定だけしておく。

「もっと違った言い方はないのかな」

「似合っていると思うよ」

痛いところをつかれる。彼女が一枚も二枚も上だ。彼女は自分でも鏡を見て似合うかどうか確認している。そして試着して僕の方を無言で見てから聞いてくる。

「着てみたけどこれはどうかな？」

「いい感じだね。とても似合っているよ」

「そう？」

彼女の言葉に僕はうなずいて返す。

彼女が服を選んでいる姿はどの服もセンスがよくて彼女に似合うので、僕にはファッションモデルに見える。ファッションショーを見てうなずくのが精一杯の肯定だった。とくに買うわけではなく、ウインドショッピング、下見、そんな感じ。あっという間の時間がたった。

「そろそろ映画の時間だから映画館に向かって歩いていこうか」

「うん」

「映画、気に入るといいけど」

ちょっと弱気だった。

「観たいと思っていた映画だから楽しみ」

うれしいことを言ってくれる。映画館に行くまでの道でも彼女は周りを見ては、はしゃいでいた。明るい元気な性格の彼女、それも僕のお気に入り。

「見て見て。ショーウィンドゥの飾りつけがおしゃれ」

「そうだね」

「ロマンがあるよね。クリスマスの物語を語っているセンスがいいな」

ショーウィンドゥを見ると、プレゼントで一杯になった袋を担いだサンタクロースと窓から空を見つめてサンタクロースを待っている子供が飾り付けてあり、それを背景にリボンのついたハンドバッグや手袋などが置かれていた。

僕はショーウィンドゥよりも、それを見つめている彼女の横顔のほうに見とれていた。

彼女との会話を楽しみながら街を歩いていく。


映画館で上映スクリーンの場所に入る前に、飲み物を買ってから入ろうとした。

「飲み物を買おう」

「いいわね。ポップコーンも買わないとね」

「おなか空いているの？」

「そういうことじゃないの。映画にはポップコーンは欠かすことはできないから」

「そういうものかな」

「そうよ」

よくはわからないが、彼女には必須のようだからさからうことはできない。

映画は明るいコメディーの恋愛映画でそれなりに面白かった。でも気になるのはいつも彼女の横顔。映画を観ている隣の彼女を時々ちらっと見ている時間が僕には大切だった。

彼女は、僕が見ているのに気がついて僕の方を見て口元に笑みを浮かべる。僕も笑みを返してから映画のスクリーンを向く。

ポップコーンは彼女の好物らしく、僕はほとんど食べることもなく、すぐに底が見えるほどになっていた。

映画のエンドロールも終わり、照明がついて明るくなっても余韻を楽しむように席にそのまま座って、映画の感想を話しながら周りの観客の最後の方に席を立った。どうせ出口は混んでいるから慌てて席を立ってもしょうがない。

出口を出て腕時計を見てびっくりした。予約しているレストランまでの距離を考えるとそんなにゆっくりしている場合ではなかった。

「じつはレストランを予約している時間まで余裕がない」

「えー、そうなの」

「今日はレストランも混んでいて食事のメニューも決まっていて、入る時間も決まっているから少しだけ急ぐよ」

「わかった」

映画館を出てから急ぎ足でレストランに向かう。通りには人がたくさん歩いているから人の隙間を通り抜けるように向かった。彼女はついてきているか、時々うしろを振り返る。

途中ではぐれないように思わず彼女の手をつかむ。映画館を急いで出ているから二人とも手袋をしている時間はなかった。

温かい手だった。

外は寒いが寒さは感じない。彼女の手の温かさだけが伝わってきた。手をぎゅっと握ってとにかく急ぐ。初めて僕から彼女の手を握ってしまった。意図せず自然に握ってしまった。彼女の顔を見るけど、前を向いていて目を合わせることはなかった。

それでも、握った手をやさしく握り返してきたから安心する。突然のことで予定してない行動だったが、彼女とさらに一歩進んだことがうれしかった。

外は寒いけど手袋をすることは忘れていた。握った手を離したくなかったからか、握った手に神経が集中して寒いから手袋をすることは頭の中の水面から出てくることはなかった。

「ねえ、時間は大丈夫なの」

「この感じなら大丈夫」

ずっと手を握ったまま、それをゆっくりと楽しむこともなく、とにかく前を向いて急いで進み、なんとかレストランの予約時間に間に合った。

「いらっしゃいませ。ご予約のお客様ですか？」

「はい。園田で予約しています」

ちょっと息を切らしてレストランに入ったから、お店の人は驚いたかもしれないが笑顔で迎えてくれた。

「お席までご案内します」

案内の人について入っていくと、ちょっと薄暗くてムードのある落ち着ける雰囲気のお店だった。なんとなく想像していたよりもいい印象。テーブルとテーブルの距離も隣の話が聞こえるような近さではなくて安心した。

席に案内してもらうと、テーブルの中央にあるピンク色をした小さなキャンドルの光が僕たちを暖かく迎えてくれる。席についてあらためて周りを見るとお店はクリスマスイブのカップルであふれていた。みんなムードのある雰囲気の中で親しそうに話している。

クリスマスイブは特別メニューのコース料理しかなかったので、料理の内容は考える必要はなかった。飲み物は別に頼むシステムだ。席につくと早速聞いてくる。

「お飲み物はどういたしましょう」

「どうしようか。シャンパンで乾杯はどう」

最初に何を飲むかは事前に考えていた。

「いいね」

「シャンパンをグラスで二つおねがいします」

「かしこまりました」

まずは飲み物を頼んでひと息つく。

「ねえ、何に乾杯するの」

「クリスマスイブに乾杯でもいいけど、僕たち二人の出会いに乾杯はどう？」

キザなことを言ってしまった。普段はとても言えないような言葉だったけど、このレストランの雰囲気がそう言わせたのだろう。

「そうだね。出会いに乾杯！」

乾杯が終わり、早速コース料理が始まった。前菜から始まって添えられたパンもおかわりするほどおいしかった。彼女のシャンパンの飲みっぷりがいい。

「お酒は飲めるほうなの」

「そうでもない。ほどほどかな」

「シャンパンの次は何にしようか」

「ワインを飲んでみようかな」

「赤、白、どっちにする」

「うーん、メインはお肉を頼んだから赤にしようよ」

ワインはあまり飲んだことがなかったが引き下がるわけにはいかない。ボトル、グラスのどちらにするか迷った。みんなはどうしているのだろうと周囲を見るとワインボトルがテーブルの上に置いてあった。

ワインクーラーに入っているワインボトル、ワインボトルとワインクーラーにキャンドルの光がはかなく投影される。その光景がクリスマスイブの雰囲気を演出しているように思える。これはボトルを頼まなくては。どれだけ飲むかわからないのに危険だったかもしれない。

ワインでまた乾杯。

「今度は何に乾杯するの？」

彼女がかわいらしく聞いてくる。特に思いつかない。

「うーん、じゃあ、メリークリスマス！」

「メリークリスマス！」

こつんと小さくワイングラスの端をあてた。乾杯の名目はなんでもよかった。彼女と乾杯できるんだから。二人でワインを飲んでいき、僕は酔いが回ってくるにつれて自分に素直になってきた。

「実はずっと前からバスで見かけた君が気になっていた」

「そうなんだ」

「そう、気になって、ずっと見ていた」

「うわぁ、そうなの。それってやばい人じゃないの」

「いや、ストーカーとかじゃなくて、なんとなく気になって気になって」

「気になって？　どこが？」

「そんな……。理由なんて見つからないよ。なんとなくなんだ」

「ふーん……。まあ、正直に告白してくれたから許してあげる」

「よくわからないけどありがとう」

許しを請うために話したわけではないけど。たしかにストーカーと言われても反論できない。実際、ずっと、じっと見ていたから。まあ、話したことでスッキリしたからいいか。

しかし、やばい人とはね。そりゃ、そう思うだろうな。

「僕は正直に告白したよ。君も正直に話してくれる」

「私はいつだって正直よ」

「そうだったね」

「ふふふ」

微笑みのなかでうまくいなされてしまった。彼女に何が聞きたいのか自分でもわからなくなってきた。やばい、酔いが回ってきたかも。一息つかなきゃ。

「ちょっとトイレに行ってくるね」

トイレに立ったときにちょっと足元がふらついたような気がした。もしかして彼女は僕を惑わすかわいらしい魔女なのかも。頭の中心も酔ってきた。

トイレから戻り、ふぅと一息つくと、その後に私もと言って彼女がトイレに立った。一人になった僕は話し相手がいなくなり、周りをあらためて見渡す。みんな恋人同士なのだろうか。来年のクリスマスイブは彼女と恋人同士になっているのだろうか。

レストランを見渡していると席に一人でいる美しい女性を見つける。パートナーがトイレに立ったんだなと思って見ていると、女性もなにげなくこちらを見たときに偶然に目が合ってしまった。そして、僕にウインクしてきた。うわー、大人の女……。相手が誰だかわからなくてもドキドキしてしまう。

彼女は僕にウインクするような存在になってくれるんだろうか。でも、そんな動作は彼女には似合わないなと思っていた。彼女は僕にとってかわいい存在が一番魅力的だから。

いや、そんなことない。ウインクしてきそうだ。それこそがかわいい魔女のしぐさだ。ウインクされた僕は失神するかもしれない。石になって動けなくなってしまうかもしれない。それはちょっと違う話か。そんな妄想を一人で楽しんでいる。

そんなときに彼女が戻ってきた。

「どうしたの。顔が赤いよ」

「お酒を飲むとすぐに顔に出るんだよね」

ほんとはさっきのウインクのせいもあったと思う。

「大丈夫？」

「もちろん、大丈夫。そうそうプレゼントがあるんだ」

「うわぁ、うれしい。なんだろうなぁ」

紙袋を手渡す。

「開けてみて」

「マフラーだ。すてきなブルーだね。この色は持っていない」

「よかった。ちょっと巻いてみてよ」

「うん。…………。どう似合う」

そんな上目づかいで見つめられるとウインクをされるよりもドキドキしてしまう。

「もちろん…………」

試しに巻いてもらったら、やっぱり思った通り似合っていた。

なにも言えずに見とれてしまった。

あの雪の日の姿を思い浮かべてしまう。彼女の雪のように純粋な白のイメージとマフラーのライトブルーのコントラストが絶妙だった。彼女はマフラーの端をじっと見つめていた。

もしかしてうれし涙。目にキャンドルの光があたって反射しているのだろうか、心なしか瞳が潤んでいるようにも見える。そんなに気に入ってくれたのか、迷いに迷い一日かけて選んだかいがあった。

「私からもプレゼントがあるよ」

プレゼントをもらえるとは予想していなかった。実は、もしかしたら、と期待していたかもしれないけどほんとにもらえるとは。

「はい、開けてみて」

包みの中身はハンカチだった。

「同じブルーだね」

「偶然だね」

ハンカチはブルー色をベースにしていてオレンジ色の小さなアクセントがついていた。ここでも彼女のセンスの良さを感じた。僕の好みに合っていたという意味だけど。

女性からプレゼントをもらったことなんて記憶にない。なんて反応していいかわからなかった。ありがとうと言うのが精一杯。というか、言葉に出ないうれしさってこういうこと。

コース料理も終わりに近づこうとしていた。

結局、ワインは一本を飲みきることはできなかった。

「そろそろデザートにする」

「そうだね」

「飲み物はコーヒーか紅茶だけど」

「私は紅茶がいい」

デザートはおしゃれなものだった。キャラメルベースのケーキが中央にあり、その周囲をチェリーやキウイフルーツ、イチゴが置かれていて、お皿の周囲をチョコレートソースで飾ったものが出てきた。チョコレートでメリークリスマスとも書かれている。

「ねえ、すごいすてき。イチゴも大好き」

彼女はデザートをすべて平らげて満足そうだった。あまりにも早くぺろりと食べたので僕のケーキも差し出す。

「よかったらちょっと食べてくれる。お腹が一杯になってきた」

これは嘘。ほんとは甘いものは好きだ。

「いいの。じゃあ、ちょっともらうね」

彼女が食べている姿を見ている方がケーキを食べるよりも好きだった。

会計のときには彼女が私も出すよと言ってくれたが、男性としていいところを見せたかったのでかっこよく断った。

お店を出て夜の街を二人並んで歩いていく。

「みて。街全体のあかりがとてもきれい」

「ほんと、クリスマスイブって感じだね」

君の方がきれいだね、とまた言いそうになってしまった。まったくさっき観た映画の影響もありそうだ。

夜の景色を味わって歩いていた。これも幸せな時間だった。彼女をエスコートする自分にも酔っていた。こんなかわいい人をエスコートしているんだぞとまわりに見せびらかしている気持ち。ちょっとした優越感。

そんな感傷にしたってていると、突然、彼女から。

「さっき、私がチェリーを食べたの知っている?」

「そうだったっけ」

ああ、そういえばデザートについていた。えっ、食べてはいけないのか……。

「チェリーを食べると今夜いいよという意味があるって知っている？」

はっ、そんな意味があるのか……。

どういうこと……。

急に胸が高鳴ってくる。

そこまでのことは考えてなかった。僕は混乱していた。本気なの……。

それとも彼女のいたずらなの。いたずらな目をしているようにも見える。いつでも僕のかわいい魔女。混乱の中でなんとか言葉を返す。

「そんな意味があるなんて知らなかったなぁ」

ムードもなにもない言葉だった。

するといきなり彼女が言った。

「これから私に触れたら大声を出すからね。うそじゃないよ」

「………」

もう、混乱の極致。

なにがなんだかわからない。どうしていいかわからない。

もういいや。

しばらく無言で二人とも歩いた。何を話題にしていいか困っていた。

「また、イルミネーションがあったよ。ビルの夜景もきれいだね」

さっきの話はなんて対応していいかわからず、無視したような形になった。

「うん。きれいだよね……」

彼女もなにごともなかったかのように話す。

女性の気持ちがまったくわからない。正直に言うと女性とクリスマスイブのデートなんて初めてのことで、どうしていいかわからない。もっと正直に言うとクリスマスイブどころか、高校だって大学に入ってからだってデートなんかしたことなかった。

クリスマスイブの街の夜の雰囲気を楽しみながら団地行きのバス停に向かって歩いていく。しばらくすると顔に冷たいものを感じる。雨かなと思って空を見上げると雪がほんの少しちらついてきたようだった。

僕たちには雪がラッキー天気。

「雪が降ってきたかも」

「ほんとだ。クリスマスイブの雪ってすてきじゃない。いいなぁ。もっと降ってくれればいいのに」

彼女は素直に感じていた。

クリスマスイブの夜の街を歩いていているとカップルばかりが目につく。腕を組んで歩いているカップルとすれ違う。男性も女性も幸せそうな表情をしている。お互いに見つめ合って相手を思う気持ちが瞳に出ている。

僕はとっさに彼女の手をつかんだ。そのとき、一瞬だけどさっきの彼女の言葉を思い出して、大声を出されたらどうしようかと本気で心配してしまった。

でも、そんなことは起こらない。

彼女はそっと手を握り返してきた。

二人ともクリスマスイブの夜の雰囲気にすっかり飲み込まれていた。そんな雰囲気の中をバス停まで歩いていった。まだ、最終のバスに間に合う時間だと思っていたら勘違いでバス停についてみると既に最終便は出ていた。

「ごめん、バスの最終に間に合わなかった」

「あら、残念」

「申し訳ない」

「タクシーで一緒に帰りましょ。あの雪の日のように」

「そうだね」

僕たちのメモリアルの日には雪とタクシーがお似合いなのだろう。

タクシー乗り場に行ってアパートのある団地までタクシーで帰ることにする。今日は彼女の家まで送っていくとタクシーに乗る前から決めていた。クリスマスイブなのに途中で彼女を一人にはできない。一人で帰すことはできない。家まで送っていくことで彼女との関係を一歩進めたい気持ちもあった。

彼女に家の近くまで道案内をしてもらってタクシーを二人一緒に降りる。外は雪がちらちらと舞っていた。今夜はクリスマスイブ、彼女に紳士らしくおやすみの挨拶をかっこよく言って別れようと決めていた。彼女との関係はステップを踏んで親しくなっていく。今日はここまでにしようと自分で今日の最後を描いていた。

「今日は楽しかったなぁ」

彼女をしっかりと見つめて言ってしまった。

「うん…」

彼女は顔を下に向ける。

「夕食おいしかったね」

「うん……」

彼女の表情はよく見えなかった。

「雪もちょっと舞ってきて寒くなってきたね」

「うん……」

彼女は言葉少なだった。

彼女の髪に舞い降りた雪の飾りがすてきだ。そんな彼女を見ているとこれまでで感じた中でもすごく愛おしくなってきた。研究室を僕の名前だけを頼りに訪ねてきてくれたとき、エレベーターから降りて彼女を見たときに感じたものを超えている。

このまま別れたくないとの強い気持ちが湧いてくる。彼女をそのままにしておきたくない。抱きしめたくもなってきた。そのときに、家路につく一人の女性がこちらの方をちらっと見ながら歩いていくのが、目に入ってしまった。それをきっかけにして、今日、自分にした約束が頭の中に鳴り響いてしまう。

クリスマスイブは紳士でいなきゃ。

どうしてそんなことを先に考えて決めてしまったのだろう。紳士ってなんだろう。単なるかっこつけなのだろうか。まわりを気にしているのだろうか。

僕のなかでは紳士でいようとの想いが打ち勝ってしまった。

「寒いから帰ろう」

「うん……」

「じゃあ、おやすみ」

「おやすみ……………」

気がついたら彼女を見送っていた。彼女は自分のアパートに帰っていった。まわりには人影はなかった。

彼女は途中で一度だけ振りかえって体の正面で小さく手を振った。それを見て僕も手を振る。彼女を見届けて僕も自分のアパートに向かった。

雪が舞ってきて気持ちも舞い上がるはずなのに、なぜか寂しさだけが舞っていた。傘もなく雪が心の中まで舞い降りて僕の中に入ってくる。アパートにもどっても部屋の寒さが寂しさを包み込んで僕の心にとどまらせた。


クリスマスイブのあとは彼女と会う機会はなかった。大学は冬休みに入っていた。年も明けて忙しい一月が過ぎる。彼女は卒業前に友人のシャルロットを訪ねてパリに行った。

結局、一月には会う機会はなかった。

そして二月に入った。といっても何の感慨もない。四月からは大学院といってもこのままの研究生活が続くだけだった。四年生からの三年間の研究テーマでやっているから大きな変化はない。

二月になるとバレンタインデーがどうなるのかが気になってきた。彼女は僕にチョコレートをくれるのだろうか。

まあ、もらえるかな。

この頃になると自信もあった。

チョコレートはバスの中でもらった。バレンタインデーは火曜日だった。

彼女を見つけて声をかけるといきなり彼女から手渡された。

「はい、これ」

「あ、ありがとう」

チョコレートはもらえると思っていたが、いざ、もらえるとなると緊張してしまった。

それは小さな箱だった。

「このチョコレートは私が作ったんだ……」

「君が作ったの」

「そうだよ。心がこもっているよ」

このころになると彼女の言葉はすごく自然になっていた。自然すぎて返す言葉にも困ってしまうほどだった。

「うん」

「うれしい？」

まっすぐだな〜。どんどんまっすぐな彼女に惹かれて行く。もう快感だ。

「そりゃあね」

「はっきりしないのね」

「言い直す。もちろん、うれしいよ」

「昨日の夜に二時間もかけて作った。結構大変だったんだから」

「じゃあ、お礼に今夜の夕食はどう？」

「いいわね。そうくると期待していた。どこで待ち合わせする」

彼女の罠にまんまとはまった。でも、最初から罠にはまるつもりだったから、罠とも言えないな。この罠は僕がしかけたのかも。

「そうだな。一番町にデパートあるでしょ。あそこの前に六時でどうかな」

「わかった。じゃあ、またね」


一番町は仙台の有名な繁華街だった。ここに行けばお店はたくさんある。年末に研究室の打ち上げで使った店を選んだ。研究室メンバーで行ったときは男子ばかりだった。店に入ると男だけでは場違いなしゃれた雰囲気の店だった。

まわりの雰囲気に合わない集団だったのは間違いない。研究室の同期が選んだ店だが翌日はみんなからさんざん言われようだった。印象が強かったのでそのお店を覚えていた。

店に入ると彼女は今日も元気だった。

「ここ、おしゃれなお店だね。センスいいね」

気に入ってくれたようだった。ぼくだって考えているのさ。君によろこんでもらえるように少ない経験を駆使している。

「お酒はどうしようか」

「うーん、今日は白ワインがいいな」

ワインボトルを一本頼む。またまた、見栄を張る。テーブルの上にボトルをワインクーラーに冷やして置いておく、その風景が大事なのだ。

「ねぇ、今日は何に乾杯するの？」

彼女がかわいらしく聞いてくる。

「今日はね……。二人が出会ってから二ヶ月のお祝いかな」

「そうだね。あれからもう二ヶ月たったんだね。早いなぁ」

乾杯の後は彼女がパリに行ったときの話を聞いた。

彼女がパリでシャルロットに案内してもらい、ルーブル美術館やベルサイユ宮殿に行ったときの話、パリのおいしい料理の話を聞いているうちに時間が経っていった。彼女はパリでの出来事を楽しそうな表情で話してくれる。

「パリもこの季節は雪が降ることがあるのね。雪が舞うパリはすてきだったなぁ」

「へぇー、パリの雪景色か」

「雪景色はきれいだったけど大変だったよ」

「なにがあったの？」

彼女は続きを話したくてうずうずしている。

「ベルサイユ宮殿に行くときに最寄りの地下鉄の駅からの路線バスに乗って行くのはよかったけど、その後に雪がたくさん降ったから道路に雪が積もってしまって……」

「それで」

「待っていても帰りのバスが来なくて近くの鉄道の駅までシャルロットと歩いたんだから。もう大変」

「まるで僕たちが出会ったときのようだね」

「そう言えば似ている」

「タクシーはこなかったの」

「車が全然走ってないからあきらめた」

出会いのときを思い出していた。僕がいればねと思ったけど軽口が出ない。

「まあ、貴重な経験だね」

「そう、パリの貴重な経験。そういえばフランス語勉強しているんだからパリに行ってみれば」

パリへ旅行か、僕も一緒に行けたらどんなに楽しかったか。現実には研究実験は連続して行う必要があったので、一週間も研究室を空けることは時間的にはまったく考えられない。

この日は彼女との距離をさらに縮めることはできないと感じていた。むしろ、逆にちょっと距離が離れたような気がした。友人ではあるのだけどそれだけの存在。クリスマスイブはいい雰囲気になったのに。そこから今日はさらに一歩進めたいのだけど。

今の状況は最初にバスで気になった存在だった頃に比べればまったく贅沢なことではある。友人は恋人に行く最初のステップと考えていて、一歩一歩デートの度に前に進めたかった。だからこの停滞しているような状況はやるせなかった。

女心はわからない、どうすればいいのかと自問自答しているうちに酔った勢いで頭に思い浮かんだことを言葉にした。

「そういえば女心と秋の空って言うじゃない。あれってひどいよね」

「そうかしら」

「どういうことか理解できないよ。急に変わるわけでしょ」

「あれはね。そのときに一番いいと思うものを選んでいるだけなの」

「そうなの」

「だから変わってはいないのよ」

「えっ、変わってるんじゃない？」

「他の人から見ると変わっているように見えるだけ。根本にある考え方は変わってない」

「ふぅむ、わかったような。わからないような」

「男の人にはわからない感覚かもね」

「そんなものかな」

今日はワインを二人で一本飲みきった。やっぱり、彼女はお酒が僕より強かった。僕が弱すぎ。酔いが急に回ってきた。やばい、トイレに行こう。トイレに立つ足元が前のときより危ないのがわかる。それを彼女に見られてしまった。

「ねぇ、酔ってるの」

「そんなことないよ。大丈夫、大丈夫」

「ほんとかしら」

「ほんとだって」

実はトイレに行くのは少し気持ち悪くなったからだった。そのあと、ちょっとトイレで戻していた。吐いたら気分はやや回復する。それは内緒。

席に戻って何の問題も感じさせないように自分のエネルギーを百五十パーセントにして元気にふるまった。お店を出てからも酔ってる自分を意識して前を向いてしっかり歩いていくのに全力をあげたので、彼女との会話に精が出ない。


よかった。なんとかバス停までたどり着いた。

今日はバスがまだある。帰りはバスで駅から帰る。

バスの一番後ろの席で彼女と並んで、座った。こんなときが来るとは感慨深い。バスは仙台の一番町から川を越えて山を登り始めた。バスは山道の曲がった道を唸りをあげて登っていく。夜なので対向車もほとんどないからスピードが出ている。当然、カーブでバスは横に揺れる。僕の体も横に揺れるなと思っていると意識がなくなった。

バスの中では意識が一時的に飛んだ。寝てしまった。彼女を一人ぼっちにしてしまったのだった。目が覚めるとバスは動物公園前を過ぎてアパートのある団地に向かって下っていくところ。どんどん、僕の降りるバス停が近づいてくる。彼女の降りるバス停まで一緒に行くつもりだ。しかし、彼女は大丈夫だからという。

「送っていくよ」

「まだ、夜も早いからほんとに大丈夫だから。それに酔ってるでしょ」

「そんなことないよ」

「顔に出ているから。それにさっきも寝ていたでしょ」

ぐうの音もでない。すごすごとバスを降りる。ついつい、ワインボトルを空けることに気が向いてしまった。何が大事かをわかっていない自分を責めた。バスの彼女を見送り、アパートに帰ると服を着たまま倒れ込みそのまま朝まで寝てしまった。


次の展開を自分でどうしていいかわからずに、朝に挨拶して大学まで一緒に通学することが続いていた。次は何に誘えばよいのかがわからなかった。バスで話していると彼女から見たい映画があると言われたこともあった。

「私ね、興味がある映画があるんだ」

「僕も映画は好きだけど、どんな映画なの」

「ファンタジー的なやつ」

「君らしいね」

「どういうこと」

「とにかく探してみるね」

チャンスだと思い、観たいといっていた映画をやっている映画館はないかと探してみるものの、すでに上映期間を過ぎている。このことを彼女に伝えて相談すればよかったのにそのままにしてしまった。

今更ながらだけど他の映画を提案して一緒に観に行ったってよかったと思う、だけど映画を観るなら指定された映画でないといけないと勝手に思い込んでいた。結果的には映画を観に行く誘いはできないでそのままにしてしまう。彼女の希望にたいしてなんの返事もしないままとなってしまった。


何の進展もなくあっという間にホワイトデーはやってきた。

今日は僕からチョコを返す番だ。三月のホワイトデーは火曜日だった。火曜日はバスで会える。ちょうどいい。照れながら彼女にピンクの包みに赤いリボンの箱を渡す。

「これ」

「ありがとう」

「手作りしたものではないけど、おいしそうなものを選んだ」

「おいしいならそれで十分」

ホワイトデーはデートするチャンス。絶好の誘うきっかけだ。ここで関係性を高めるチャンス。お店はあらかじめ予約しておいた。うまくいった気がしなかったバレンタインデーのお店は避けて、うまくいった気がしたクリスマスイブのお店がいいと思って準備していた。

「今日、夕食はどう」

「ごめん。今日はちょっと予定がある」

「そうか……。わかった。また今度にしよう」

「せっかく誘ってもらったのに。ほんと、ごめん」

あらかじめ約束していない自分に腹が立った。いつでも誘えば一緒に行ってくれる、大丈夫と思い込んでいる自分に腹が立った。

そんなわけないだろう。まったく。

いつからそんな傲慢な気持ちになったのだろう。初めてバスで気になっていた人が一緒に話が普通にできるようになって、友達にもなってくれて気軽な関係になった。それを当然のことと、いつしか甘えが出ていた。最初にバスで出会った新鮮な緊張感のある気持ちが薄らいでいたようにも感じた。

考えてみれば、友達だからお互いの都合によって会えばいい関係か。そんな気楽な関係だからか。恋人とは違うからだ。僕は恋人になりたいので一緒にいることが大事なことだから、お互いにスケジュールを空けておくのが当たり前だと勝手に思っていたわけだ。

そう言えば、いつの間にか大学ノートに詩を書くこともなくなっていた。彼女への思いが変わったわけではない。それどころか、恋人になりたいとの気持ちが強くなっているのになぜなのだろう。

これからもっともっと一緒にいたいと思っているのに。いつの間にか彼女が日常の普通のひとこまになっていたのかもしれない。

彼女を想う気持ちは強くなっているのだけど、どう表現したらいいのかわからない。わかっているのは彼女との関係が進まないこと。

それ以来、彼女をバスで見かけることはなかった。どうしたのかと一度連絡も取ってみたが電話がつながらず、返信もない。きっと、なにか事情があるのだろう。春休みを使って海外に長期旅行に行っているのかもしれないし、短期留学をしているかもしれない。

まあ、そのうちに連絡もくるに違いない。また、会える日もやってくるだろう。そのときに今度は一緒に何をしようかと計画しなくては。今度こそ彼女との関係を深める決意。来週からゴールデンウィークになる。去年は大子《だいご》に彼女の姿を探して求めていたときのことを思い出していた。あれから一年がたっていた。

X

今日も一日終わった。研究テーマも二年目に入って研究が少しずつ進んでいる満足感はある。毎日夜の七時にくらいに家路につく。なんだか今日は疲れたので、動物公園前から歩いて帰るのはやめてバスで乗りついで帰ることにする。

足取りは重くゆっくり歩いて、やっとのことでアパートにたどりつく。部屋に帰る前に集合郵便受けをいつものようにチェックする。郵便受けには何も入っていないことが多いけど、念のため確認するのが習慣。

郵便受けを開けると珍しく今日は分厚い封筒が一通入っていた。こういうのはセールスのダイレクトメールか企業案内のいつもの手紙だろう。どこからだろうと封筒の裏を見ると差出人の住所は書いてなかったが、越川麻美との文字が心に飛び込んでくる。

名前を見たとたんに瞬間接着剤を頭からかぶったように一瞬で固まった。

なんだろう……。

どうして手紙なのか……。

僕の心の中にはあっという間にうれしさと驚きと不安が入り混じった。しばらく郵便受けの場所で封筒を手に取ったまま呆然としていたが、とにかく中身を読まなきゃと我に返る。急いで部屋に入って持っていたカバンを放り投げて封筒を開ける。彼女から手紙をもらうのは初めてのこと。何か言いたいのなら電話してくれればいいのに。

でも、どうして僕の住所を知っているのかも疑問だった。住所を教えたことはなかった。まてよ、このアパートに引っ越してきてからしばらくたった頃に団地の町内会名簿をもらったことがあったな。名簿を探しあてて開いてみる。そこに僕と彼女の名前と住所が載っていた。

そんな簡単なことになぜ今まで気がつかなかったのだろう。なんだ、僕から手紙を書くことだってできたじゃないか。彼女の住まいを訪問することさえできたじゃないか。なんでこんなことに気がつかない。

何も考えていない自分を猛烈に責めた。

何も努力していない自分に腹が立つ。

今は、とにかく、封筒を開けなきゃ。すると何枚もの便箋が出てきて開いてみると手書きで丸い文字が見えた。彼女を思い出しながら長文の手紙を読み始める。

園田君へ
びっくりさせてごめんなさい。

今の私の気持ちを言葉では言い表せなくて手紙にしました。

えーと、あらたまって書くと書きづらいから、普通にあなたに話しているように書くね。

私はバスで出会ったときに小学生時代をすぐに思い出した。だって、自分で指名した人を忘れはしない。小学生のとき、あなたは私に冷たかったから私に興味はないと思っていた。せっかく指名したのに喧嘩ばかりの小学生時代。

あなたを指名したのはあなたが転校生だったのももちろんある。正直に言えばもの珍しかった。そんなあなたを一学期のあいだ様子を見ていたらクラスにいないタイプだったから興味がわいたと思う。一学期に私があなたを気にしているのは知っていたかな。

そして、二学期、先生のアイデアで自分の隣に座る男の子を選べることになる。これはあなたをもっと知るチャンスと思った。一方で手をあげて指名するのは恥ずかしくて勇気がいった。私の人生で最初の勇気を試されたとき。

早く手をあげないとあなたを誰かに指名されてしまう。そんなさし迫った状況で手をあげる勇気を出せるかが試された。結局、一番先に手をあげてあなたを指名できた。そのときはどきどきしたけど、やった！　という感じ。

でも、実際は違った。あなたが隣の席にいたら楽しいのになと思って指名したのに楽しくない日々になってしまう。なにかとあなたからいじわるをされて嫌われていると思っていた。

それでも一緒に遊んでいるときは楽しかったな。二人でなくてみんなと一緒に遊んでいるときはあなたは楽しそうに見えた。そんなあなたの顔を見ると元気をもらえた。

いつだったか、鬼ごっこであなたが私を追いかけて石垣にぶつかったときにはすごくびっくりした。大丈夫かなとかなり心配したんだ。倒れたあなたを見て不安さえ覚えた。遠巻きに見ていたけど元気そうな姿を見て安心した。そのあとも一生懸命にあなたは私を追いかけてくれた。ほんとにうれしかったな。うれしさが顔に出ていないかが心配だった。まわりの女の子にからかわれてしまうのが心配だったから。

実際にあなたを指名した後もまわりの女の子からすごくからかわれていた。好きなんでしょうなんて。そのときは興味があっただけだったけどね。

冬に私とスケートを一緒に滑ったことを覚えているかな。六年生のときだったと思うけど偶然にスケート場で会ったんだよ。あなたは暖かい南の地方から来たからか、スケートは初めてだと言っていた。実際に氷の上にうまく立てなくて何回もころんでいた。

私は小さい頃からスケートをやっているからすいすい滑っていた。転んでいるあなたに手を貸して立ち上がらせたこともあった。それがあなたと手を初めてつないだとき。あなたが頬をちょっと赤らめて照れていたのがわかった。

私はあなたをそれまで以上に意識するようになっていった。中学生活を一緒に送るのもすごく楽しみにしていた。今よりもいい関係になりそう。親しくなれそう、そんな気がしていた。

それなのに突然あなたは転校することになってしまった。何も言ってくれなかったのは寂しかったな。みんなで駅に見送りにいったときも、あなたは寂しそうにうつむいているだけで口数が少なかったのが印象的だった。

あなたは去ってしまったけど、いつまでも気にしてはいなかった。中学・高校と多感の時代を過ごす中でいつしか小さい頃の思い出の一つとして記憶の奥底に流れていった。

仙台でバスの中で最初にあなたを見たのは土曜日だった。たぶん、あなただったと思う。仙台駅の近くの商店街に買い物に行った帰りのバスであなたは動物公園前から乗ってきた。私は一番後ろの席に座っていたけど立っている人の向こうであなたがバスに乗り、運転手さんのいる前の方に一目散に進んでいくのが見えた。

そのときは一瞬のことであなたなのか自信がなかったので声をかけなかった。途中で降りたので一緒の団地に住んでいるとわかったけど、ちらっと見ただけなのでほんとに園田君かなとの思いが強かった。

朝の通学のときにあなたを見かけることもあったけど自信ないから声はかけられなかった。そんなときに雪が降った。

あの雪の日は忘れられない。

バスを待つ列に並びながらあなたはどうするのかなと思っていた。待っているときは寒くて長く感じたけど偶然に二人きりになったときに話をするチャンスがきた。

というか二人にならないかなと粘って並んでいた。二人きりになってもあなたは私に声をかけてはくれない。どうしたものかと思っていたら小学校であなたを指名したときのことを思いだした。ここは私の勇気を試されていると。

偶然に目があったので思い切って話しかけてみた。それが功を奏して話ができるきっかけとなった。その後に名前を聞いたときは、やっぱり園田君だったんだ、と思った。当たり前に思えすぎて小学生からの時間が続いているように思った。あなたもそうだったのかな。それともあなたは気づいていないのかもしれないね。

このときに私はゼロからのスタートをしようと決めた。私にとって小学生のときはあなたとは喧嘩の思い出が強すぎた。そんな思い出からスタートするのはいやだった。小学生のときのことはなかったことにして初めてあなたに会ったと思うようにした。せっかくの二度目の出会い、それを小学生のときの喧嘩ばかりの同級生として始めたくはなかった。成人した二人の大人として最初からスタートしたかった。実際にはなかなか難しかったけどね。

それからは小学生時代とは違ってあなたとの楽しい時間が過ぎていった。でも、今回は時間がもっとなかった。

あなたとちゃんと出会ったのは雪の日だった十二月、来年の三月には卒業だから、あなたが大学院に行くと聞いたときには驚いたけど表情には出さなかったつもり。

私は四月から東京に行くことが決まっていた。あなたは仙台、私は東京、それまで三ヶ月。先のことはあまり考えないのが私。この三ヶ月を楽しく過ごせればいいと思っていた。

さすがに三ヶ月でお別れだとは言えなかった。クリスマスイブに私は正直だと言ったけど大学院に行くといったのは嘘。嘘はこの一つだけだから許してくれるといいな。あとはみんなほんとのことだよ。それは信じてね。

あなたは小学生の頃と同じで女の子にあまり積極的ではなかったと思った。それでも勇気を出して誘ってくれたね。

私の友人のシャルロットが来たときの案内とか。まぁ、きっかけが欲しくて私が助け舟を出したんだけどね。それを見逃さずに誘ってくれた。期待した通りに誘ってくれたから逆に戸惑ったけどうれしかったな。だから、すぐに返事ができなくて結局あなたの研究室まで押しかけちゃった。

遊園地に行ったときも童心に返って楽しかった。このときはあなたは積極的に誘ってくれたのでもっとうれしかった。でもあなたはちょっと緊張していたみたい。初デートだからね。実は私も緊張していたんだ。一緒にいると小学生に戻ったみたいに思った。小学生のときには喧嘩ばっかりだったので思い出したくなかったけど、このときに修復できたと思った。

私からスケートに誘ったのも小学生時代を思い出したから。でも、あなたはスケートが全然上達してなくて笑ってしまった。私より上手になっていたらどうしようかと思っていたけど心配いらなかった。あなたが転んだときに手を差し伸べてみたけど、素直に手をつかんでくれたのはうれしかったな。その後にすぐにあなたはすぐに手を離してしまったけど思い出したように手をつないで一緒に滑って楽しかった。

あなたは女の子に消極的だったからクリスマスイブだって誘ってくれるのかなと心配していたんだから。一緒に映画を観たけど終わった後に予約していたレストランに時間が間に合わないと一緒に走ったね。そのときに手をつないで走ったよね。手をつないだのは小学生のスケート、仙台でのスケート以来三度目だよ。二回ともスケートのときだったから手袋をしていたけど今度はあなたの手のぬくもりをしっかりと感じた。あなたの手のあたたかさからやさしさが伝わってきた。

せっかくのクリスマスイブのデートだっていうのに、スケジュールをしっかりと考えていないのにはあきれたけど、一緒にレストランまで走っていくのは楽しかったな。

初めてで最後になるかもしれない仙台でのあなたとのクリスマスイブ、そんな感傷に浸っていて楽しいと同時になんとなく悲しくなってしまった。ちょっと涙も見せたかもしれない。

気づかれなかったらいいけど。そんなときにあなたは優しかった。悲しい私を見せたくなくてちょっといたずらもしたけど許してね。

クリスマスイブはあなたと一緒にいて確かに幸せな気持ちになった。

今だから教えるけど帰りの私の家の前ではキスをするチャンスだったよ。私の気持ちはその気があった。でも、私からキスはできなかった。これは勇気を出してもだめだった。そして、友人のように別れた。

それがすごく残念。

その日の夜は家に帰ってからも別れのときを思い出すと涙が自然と出てきた。自分でもよくわからなかったけど涙がしばらくとまらなかった。

友人から恋人に変えられるチャンスだったのかもしれない。

翌朝になると自分の気持ちは切り替わっていた。今から考えるとだけど、もしかしたら、この朝にあなたとは友人でありたいと思ったのかもしれない。

その後は卒業までの忙しい日々が続いたね。なんだかばたばたしていた。私もシャルロットに会いにパリに旅行に行ったりしたしね。そんな中でもバレンタインデーにチョコをあげたり、ホワイトデーにもお返しをしてくれた。何気ないやりとりだけど楽しい思い出。

でも、ホワイトデーの夕食の誘いは一緒に過ごす時間が怖くて断ってしまった。

仙台には三月までだったけど最後まであなたに言えなかった。仙台を離れる前に言わなきゃと思っていたけど。このとき、小学生のときにあなたが転校したときの気持ちがわかったような気がした。別れがあるのを受け入れていなかったんだね。私も言えなかったから。ただ、仙台を離れたからといっても一生の別れではないからあとで連絡すればいいとも思っていた。

東京に引っ越して来て新しい生活になれないといけないし、入社式やら新人研修やらで、とにかく忙しい日々を過ごしているので連絡もできなかった。あなたからの着信は知っていたけど、なんて返信していいか言葉が見つからなかったということもある。

返信しないでほんとにごめんね。

実は東京で就職して暮らしているうちに好きな人ができたんだ。彼はあなたみたいにやさしいし、あなたよりも女の子に積極的だよ。だから安心。

これは友達としてのアドバイスだけとあなたは女の子にもっと積極的になってもいいと思う。ちょっと控えめすぎかな。ストーカーはもちろんだめだけど、もっと気持ちを行動に出してもいいと思う。ちょっと偉そうでごめん。

でもね、私にとってあなたのやさしさは世界で一番なのに変わりはない。

仙台でのあなたとの出会い、たった三ヶ月だったけど私はとても楽しかった。あなたも楽しかったと思ってくれているといいな。

私よりすてきな彼女をつくってね。

手紙を読み終えてみるといつの間にか目に涙がたまっていた。ここは僕の部屋だ。誰も見ていない。かまうもんか。

涙が一粒、手紙に落ちてひとかたまりのしるしをつける。

このやりきれない気持ち。どうしたらいいのか。

今度こそ、ほんとに終わった……
自分勝手な僕
チャンスを生かせない僕……
もう戻れない日々に想いをめぐらす
でもどうにもならない

XI

あれから十年の歳月が流れ十二月の冬を迎えていた。この時期に大学卒業十年を記念した化学学科の同窓会が行われた。節目の十年目ということでこの時期に同窓会を行う学科や研究室も多い。温泉旅館にみんなで泊まって久しぶりに旧交を温める。宿泊だからみんな思う存分にお酒が飲めた。酔っ払ってもあとは寝ればいいだけ。

仲間から当時の僕の失敗話が出てくる。

「おまえさ、昔、実験で大失敗して教授を困らせたよな」

「そうだったな。あのときの教授の青ざめた顔は今でも覚えているよ」

「ほんとに今だから笑い話だけど当時はびびったよな。ところで、結婚した?」

「まだだよ。そんなに急がなくてもいいじゃないか」

「そうだよな。あせることはないよな」

当時を思い出しながら話がはずむ。ほとんどの仲間はまだ独身だった。そういえば彼女も独身だとシャルロットとのメールのやり取りで知っていた。あの別れの手紙をもらってから彼女とは連絡を取っていなかったが、思い出したように彼女の友達のシャルロットとはメールをしている。

彼女は今頃どうしているのか。もしかしたら僕と同じように大学のゼミの十年目同窓会で今年仙台に来たかもしれない。僕には彼女のことを思うなんの資格もなかったが、同窓会で飲んで昔の話をして十年前にもどった際にふっと思い出がよみがえってくる。

同窓会では、夜遅くになってもみんなで気勢をあげる。

「これからだぞー」

「もちろんだー」

お酒を飲みながら学生時代をなつかしみ、今の仕事と恋愛の話に花が咲いた。そして最後は全員で肩を組んで学生歌で締めくくる。記念写真も最後に撮ってみんなで盛り上がった。今の現実を忘れて昔にもどり、いい仲間との久しぶりの出会いを満喫した。

翌朝は起きてみると昨夜の御酒がまだ残っている。朝食を一緒に食べているときにみんな同じように冴えない顔が見える。昨日の学生の頃の勢いはどこにいったのか、みんな普通の社会人に戻っていた。

朝食をともにしたあとに温泉旅館で同窓会は解散。

「この次に会うのはまた十年後の同窓会だな」

「おう、みんな元気で」

「次はみんな結婚しているんだろうな」

お互いに声をかけ合って再会を誓った。自分の車で来た人は現地で解散、僕のように電車で来た人は幹事が用意したバスに乗り仙台駅まで一緒に向かう。

東京に戻る人はそのまま新幹線に乗るために駅の改札の方向に歩いていく。明日は月曜日だから、まだ日曜の午前中といっても東京に帰ってゆっくりとしたい気持ちの人が多い。同級生はそのまま改札を抜けて消えていった。

僕はといえば、たしかに明日の仕事は気になるけど仙台に来たのは卒業以来なので行っておきたい場所がある。大学四年のときに住んでいたアパートを訪れてみたい。昔の思い出に浸りたかった。今は十二月、ちょうど、あのときの季節と同じ。

仙台駅からアパートのあった団地行きのバスに乗る。街を抜けて山道を上っていくバスに乗りながら昔のことを思い出す。このバスに乗って彼女と一緒に帰ったこともあったな。懐かしくも、ちょっと悲しくもある、今となってはせつないが楽しい思い出。

やがて動物公園前の停留所にバスは停まった。小さな観覧車が右に見える。仙台の街が一望できる観覧車はそのままだった。

バスは今度は坂道を下って団地に向かっていく。バスから右に見えるこの道を学生時代は朝は歩いて動物公園前を目指していた。バスが団地の停留所について降りてみると日曜日に買い物をしたスーパーはそこにまだあった。近くのそば屋もそこにあった。ちょっと外観は変わっているけど場所は変わっていなかった。

もう、お昼なので懐かしいそば屋に入ってみる。何食べようか、カツ丼にしよう。そうだった。初めて日曜日に彼女と会う前にカツ丼を食べたっけ。彼女と一緒にここで食べたときもカツ丼だった。

でも、彼女がそば屋は天ぷらが決め手だと言っていたのを急に思い出して天ぷらそばを注文する。天ぷらそばを食べながら思い出がよみがえり、なんとなく笑みがこぼれる。あの頃のダメな自分を笑っているのだろう。

自分が住んでいたアパートにも行ってみる。ところが、そこにアパートはなかった。

あれ、ここに間違いないと思うけど。

その周辺をまわってみるがそれらしいアパートはない。どうやら取り壊してしまったらしい。アパートがあったと思った場所には一戸建てが建っていた。しばらく立ちすくんで眺めていると変な人と思われたのか一戸建ての住人がそばに寄ってきて声をかけてくる。

「どうかしましたか」

「いや、ここに十年前に二階建てのアパートがあったと思ったのですが」

「そうですか。私は一年前にここに住み始めたのですが、前のことはなにも知らないんです」

「昔このあたりに住んでいたので、ついつい懐かしくて立ち止まってしまいました。すいませんでした」

「お役に立てませんで」

一礼して足早にそこを立ち去った。

そういえば彼女の住んでいたところはどうなっているのだろう。クリスマスイブに一度送って行ったことがあるのを思い出す。道を思い出しながら行ってみようか。一体、僕は何を考えているのか未練があるのだろうと思う。その未練を断ち切るために行ってみるか。いやいや、それが何になる。今更だよなと思い返した。

最初に出会ったときに彼女の住む場所まで気にかけていれば、何かが変わっていたかもしれないけど。

もういいかな……。

東京に戻ろう。仕事に戻ろう。

前をしっかりと見ることもなくうつろに歩いていると、冷たいものが顔にあたり、目が覚めると同時に心にも刺さってくる。空を見上げると小さな数片の雪が舞い始めている。手を広げると小さな雪のひとひらが手の上にとまる。でも、手に触れると一瞬のうちに溶けて消えてしまう。

彼女と過ごしたクリスマスイブも今日のようにほんとに少しの雪が舞っていた。一瞬だったけどあのときは今でも生まれてから最高のクリスマスイブ。

雪が少し舞い始めてきた中を仙台駅に向かうバス停に向かって歩いていく。このバス停から朝に彼女を探して乗ったんだったな。懐かしいけど今の心の中はからっぽ。

そういえば、あの印象的な出会いのときはすごい雪だった。あんな映画みたいな出会いがあったなんて今では信じられない。雪が降らなければあんな劇的な出会いは生まれなかった。

神様が仕組んだとしか思えない二人の雪の出会い。そんな劇的な出会いをものにできない自分を振り返るのは、とてもとてもつらいことだった。

今日の雪はあのときにくらべればちらほらと舞ってきた程度。小さな雪のかたまりが少しずつ舞い降りてくるなかを昔の思い出に浸りつつ、あの楽しい日々が始まって終わったバスをあのときと同じ停留所で待つ。

しばらく待っていると仙台駅行きのバスが来る。雪は舞い始めたばかりだし、積もりそうなほどは降っていないからタイヤのチェーンの音は聞こえない。

バスの扉が開きステップをあがり、あのときの朝のようにバスを見渡す。バスに乗るときにまわりを見るのはいつのまにか習慣となっていた。

あっ………。

そんな、まさか……。

十年の月日は流れたが見覚えのある横顔だった。

一瞬でときめく横顔だ。

「久しぶりだね」

「えっ………」

「もう一度、始めてもいいかな？」

XII

麻美は入社十年目を迎えてこれまでのことを振り返っていた。

私も今年で入社十年目の中堅への入り口に立っている。入社最初は何もわかなかったけどよくここまできたものだと思う。そういえば入社した頃には先輩にあこがれたときがあった。先輩と一緒に話をしたり、一緒に飲み会で話すときもあり楽しい日々だった。

先輩から誘われて二人でフランス料理のお店に食事に行くときもあったり、ジャズバーに連れて行ってもらったりもしたっけ。大学時代には経験したことのないことだったので、私にはとても刺激的で新鮮だったし魅力的だった。

社会人生活の始まりはあっという間に過ぎていった。先輩と過ごす時間が多くなりすぐに先輩に惹かれていった。先輩はすてきな人だったから。社会人生活の忙しさと恋の始まりの日々が過ぎていく中で大学四年生のときの出会い、園田君との思い出は心の奥に沈んでいった。

最初は先輩への思いは恋心だと思っていたのだけど、自分の気持ちは仕事ができる先輩へのあこがれだとやがて気がついた。そしていろいろな新しい経験をさせてくれる先輩に対する尊敬や感謝の気持ちだとも気がついた。

それからは社会人の仕事に無我夢中で取り組んだ。なにしろ何もわからないのだから。仕事をやっているうちに仕事に取り組む面白さにも気がついた。私のまわりには先輩だけでなく課長や他の部門の人など私に刺激を与えてくれる人たちにも巡り合った。仕事では充実した十年だと自信を持って言える。ちょっと残念なのは恋という点では対象となる男性には出会わなかったこと。

もちろん、仕事をしているときにつらいときだってあったけど、一人で悩むことはなかった。友人のシャルロットともメールを時折交換していて愚痴も書いた。シャルロットとは高校時代からの付き合いだから何でも書ける間柄。

シャルロットにメールを書いていると、園田君のことが心の奥底からそっと浮かび上がるときもあったけど今更だなと思うとすぐに心の奥底に沈んでいく。いつまでも過去にこだわってはいられないと自分に言い聞かせる。

そんなときに大学で同じゼミだった同級生からメールが来る。大学の法学部ゼミの十年目の同窓会を仙台で行うとのメールだった。時期は十二月。十二月とメールに書いてある文字を見て真っ先に心に浮かんだのは園田君の顔だった。二人の楽しい思い出が始まった月。忘れはしない雪の中の出会い。

土曜日曜で一泊二日の同窓会。会社は休みだし、特に予定もない日だったので行くのは問題ない。仕事の節目の十年目でもあるし、久しぶりにゼミのみんなの顔を見たいと思った。みんなどんな社会人生活を送っているのか興味もあった。同時に中堅になって仕事が忙しい状況で、心に余裕がなくなっている自分を見直すチャンスだとも思った。あるいは心をリフレッシュしたい気持ちもある。

同窓会に行ってみると予想以上に楽しい。仙台は東京からちょっと遠いかなとの思いもあったが来てほんとによかった。夜の懇親会ではタイムマシンに乗ったように十年前に戻れる。ほんとに昔に戻れた。話していると十年間みんなそれぞれ一生懸命に人生を歩んでいるのがわかり、生きる勇気をもらえた。

翌日は朝食を食べて解散。みんなはすぐに家路についたけど、私はせっかく十年ぶりに仙台に来たから昔住んでいたところがどうなったのかなと気になった。

思いついたら行動するのが私のいいところ。東京に戻る前に寄り道する時間はある。

仙台駅からバスに乗って学生時代に住んでいたアパートを訪れることにした。バス停を降りて住んでいた付近に行ってみると、雪だるまを作った空き地には一戸建てが建っていたけどアパートはそのままだった。

アパートの正面に立って眺めていると思いもよらず急になつかしい気持ちが湧いてくる。それとともに空からは小さな冷たいものが舞い降りてきた。顔にその一片がとまると、その冷たさとともに一瞬のうちに園田君とのクリスマスイブの夜の光景がよみがえってくる。あのときはまだ若かったな。純粋な気持ちも一緒に湧き上がってくる。あの夜を思い出すと、とてもせつないけど今から思うとすごくいい思い出。

いい思い出が体に広がっていき心が温まってくる。

ここに来てよかった……。

あふれる思い出に戸惑いながら仙台駅に向かうためにバス停へと歩いていく。

私の思いってなんなのだろう……。

歩いていても視界には周りのものは目に入らない。私は自分の心をただ見つめていた。バスに乗って窓の外を眺めるけど心はそこになかった。深く深く私の気持ちがなんなのか思いをめぐらしていた。

すると隣から聞き覚えのある声がする。

あれ、と思って顔を向けると、そこには園田君が立っていた。

どうしてここにいるの……。

もう一度始めたいと園田君は言っている。それを私の心に聞いてみる。
また始めてもいいかも……。

著者プロフィール

未来 明広（みき あきひろ）

茨城県出身、神奈川県在住。

東北大学工学修士。

社内講師をしながら、執筆活動を行う。

2017年に『入社4年目　仕事に悩んだときに読みたい32の物語　誰かがあなたを気にかけている』を幻冬舎から発売。

装画：なのん

みんないなくなっちゃいましたね

2019年12月15日　初版第1刷発行

著　者　未来 明広
発行者　瓜谷 綱延
発行所　株式会社文芸社
〒160-0022　東京都新宿区新宿1－10－1
電話　03-5369-3060（代表）
03-5369-2299（販売）

印刷所　株式会社平河工業社

ISBN978-4-286-21380-4